幸くらべ

小料理のどか屋 人情帖 32

倉阪鬼一郎

時代小説

二見時代小説文庫

幸《さち》くらべ　小料理のどか屋 人情帖32・主な登場人物

時吉《ときさち》……のどか屋の主《あるじ》。元は大和梨川藩《やまとなしがわはん》の侍・磯貝徳右衛門《いそがいとくえもん》。長吉屋の花板も務める。

おちよ……時吉の女房。時吉の師匠で料理人の長吉の娘。

長吉《ちょうきち》……「長吉屋」を営む古参の料理人。諸国の吉《きち》名乗りの弟子を訪ね歩く旅に出る。

千吉《せんきち》……祖父長吉、父時吉の下で修業を積んだ「のどか屋」の二代目。

およう……縁あって千吉の嫁となり「若おかみ」と皆から可愛がられる。

大橋季川《おおはしきせん》……季川は俳号。のどか屋に長く通う常連、おちよの俳諧の師匠でもある。

信兵衛《しんべえ》……「のどか屋」ほか手広く旅籠を営む元締め。のどか屋に通う常連でもある。

升造《ますぞう》……大松《おおまつ》屋の跡取り息子。千吉とは幼馴染の友。

おうの……信兵衛の旅籠の手伝いに雇われ、升造と縁付いて夫婦となった娘。

井筒屋善兵衛《いづつやぜんべえ》……薬研堀《やげんぼり》の銘茶問屋「井筒屋」のあるじ。多くの人にその人徳を慕われる。

江美《えみ》と戸美《とみ》……善兵衛に育てられた双子の娘。のどか屋、巴屋など掛け持ちで働くことに。

松三郎《まつさぶろう》……岩井町の旅籠「巴屋《ともえや》」の主。妖しい客の気配に江美と戸美が気づき……。

稲岡一太郎《いなおかいちたろう》……大和梨川藩の江戸勤番の藩士。藩内屈指の剣豪として知られる。

兵藤三之助《ひょうどうさんのすけ》……大和梨川藩の江戸勤番。頭脳派として評判の将棋の名手。

筒井堂之進《つついどうのしん》……大和梨川藩主、筒堂《つつどう》出羽守良友《よしとも》がお忍びで町に出るときに使う偽名。

第一章　のどか屋の正月

一

明けて天保《てんぽう》十二年（一八四一）になった。

横山町《よこやまちょう》の旅籠《はたご》付き小料理屋、のどか屋の正月はいくらか変わっている。平生《へいぜい》は数をかぎった中食《ちゅうじき》が人気で、のれんを出す前から列ができるほどだ。

さりながら、正月の三が日の中食は休みになる。かと言って、厨《くりや》にずっと火が入らないわけではない。なぜか朝からいい香りが漂ってくる。

これにはわけがあった。

小料理屋のほうは休みだが、旅籠はそういうわけにはいかない。正月には浅草寺《せんそうじ》などの初詣《はつもうで》を兼ねて江戸見物に出てくる泊まり客がいる。旅籠にとっては書き入れ時だ。

泊まり客には朝餉《あさげ》を供する。のどか屋の名物は、豆腐飯《とうふめし》の膳だ。これを食べたいがために泊まる常連客も多いくらいだから、厨には朝から火が入り、いい香りが漂うのだった。

豆腐を甘辛い江戸の味つけでじっくりと煮る。存分に味のしみた豆腐をほかほかの飯にのせて食すのがのどか屋の名物だ。

初めは豆腐だけを匙《さじ》ですくって食す。これだけでも充分にうまい。続いて、飯とまぜてわっと食す。胃の腑が喜ぶうまさだ。

最後に、切り海苔《のり》などの薬味《やくみ》を好みで添えていただく。一膳で三度楽しめるのがのどか屋の豆腐飯だ。

さらに、具だくさんの汁に小鉢がつく。正月は味噌汁ではなく雑煮《ぞうに》だ。小鉢の代わりは正月らしく昆布《こぶ》巻《ま》きと数《かず》の子《こ》と田作《たづく》りになる。なかなかに豪勢な膳だ。

「のどか屋さんは三年ぶりだけど、変わらぬ味だね」

「正月からいいものを食べさせてもらったよ」

行徳《ぎょうとく》から来たという二人の客が笑顔で言った。

「ありがたく存じます。今年もよしなに」

おかみのおちよが笑顔で言った。

「正月だから、あるじはずっとこっちかい？」

朝餉だけ食べに来た近くの客がたずねた。

「ええ。三が日は長吉屋《ちょうきちや》が休みですので、こちらでわりとのんびり過ごさせていただいています」

あるじの時吉《ときよし》が答えた。

もとは大和梨川藩《やまとなしがわ》の禄《ろく》を食《は》む武家だったのだが、刀を捨てて包丁に持ち替え、おちよとともに小料理のどか屋を開いてもうずいぶんな月日が流れた。

神田三河町《かんだみかわちょう》と岩本町《いわもとちょう》、二度にわたって大火に遭って建て直しを余儀なくされたが、三度目になるここ横山町では幸いにも長くのれんが続いている。

「気が向いたら、浅草《あさくさ》にも寄ってみるよ」

客が言う。

「ぜひお待ちしております」

時吉は頭を下げた。

長吉屋は浅草の福井町《ふくいちょう》にある名店で、おちよの実家でもある。縁あって長吉の弟子の時吉と所帯を持ち、やがて跡取り息子の千吉《せんきち》が生まれた。早いもので、千吉はおようという若おかみを娶《めと》り、近くの長屋からのどか屋へ通うようになっている。

長吉屋はおちよの父で、時吉の師匠でもある長吉が始めた見世《みせ》だ。これまで育ててきた弟子は「吉」名乗りをして日《ひ》の本《もと》じゅうに散らばり、それぞれの見世を構えている。

まだ体が動くうちに、弟子たちの見世を廻りながら神社仏閣にも詣でたいという発《ほっ》心《しん》をした長吉が江戸を発《た》ったのは一昨年の暮れだ。いまごろどこでどうしているのか、なにぶん文《ふみ》をよこしたりしない性分だから見当がつかない。

あるじの長吉が留守のあいだは、婿で弟子の時吉が浅草まで通い、若い料理人たちに指示を送ったり料理を教えたりしている。檜《ひのき》の一枚板の席では、花板《はないた》として客に料理をふるまう。一人何役もつとめなければならないから、なかなかに大変だ。

横山町ののどか屋の朝餉が終わると、時吉は急いで浅草の長吉屋に向かう。そして一日のつとめを終え、夕方にのどか屋へ戻ってくる。

だが、正月の三が日は長吉屋が休みだから、のんびりと過ごすことができた。

「初詣はどうしよう、おまえさん」

おちよが声をかけた。

「こちらは旅籠もあるから、若夫婦で行ってくればいい」

時吉は答えた。

「なら、儀助《ぎすけ》たちが来たら、富岡八幡宮《とみおかはちまんぐう》へ初詣に」

千吉が乗り気で言った。

「ああ、行っといで」

おちよのほおにえくぼが浮かんだ。

若おかみの母のおせいは、おようの父が若くして亡くなったあと、つまみかんざしづくりの親方の大三郎《だいざぶろう》に見初《みそ》められて後妻になった。その後にできたおようの弟が儀助で、ときどき親に連れられてのどか屋に顔を出す。千吉がつくる甘い餡巻《あんま》きが大のお気に入りだ。

「ついでに深川《ふかがわ》のうまいものの舌だめしをしてくるといい」

時吉が言った。

「承知で」

二代目はいい声で答えた。

二

朝餉の後片付けが終わり、いくらかゆっくりした頃合いに、本所《ほんじょ》の家族がやってきた。

「今年もどうかよしなに」

大三郎が頭を下げた。

「この子がどうしても姉と一緒に初詣へ行きたいと言うものですから」

おせいが儀助のほうを手で示して言った。

「お正月だけだから」

わらべが笑って言う。

「見るたびに背丈が伸びるわね」

おちよが笑みを浮かべる。

「はい」

儀助が笑みを浮かべた。

正月で九《ここの》つになった。好物の餡巻きが食べられないとべそをかいていたわらべから、また一つ大人に近づいてきた。

「わたしも舌だめしを兼ねて初詣に行くけどいいかい？」

千吉が訊いた。

「舌だめし？」

儀助の瞳が輝いた。

「富岡八幡宮の門前には、おいしいお団子屋《だんごや》さんやお蕎麦屋《そばや》さんなどがいろいろあるから、舌だめしをしようかと思ってね」

千吉は笑顔で答えた。

「うん、行く。お団子かお汁粉《しるこ》がいい」

儀助が乗り気で言った。

「お参りしてからだぞ」

大三郎がクギを刺した。

「でも、来たばかりだから、お茶はゆっくり呑ませて」

おせいが言った。

「いいよ。猫たちと遊んでるから」

儀助はそう答えて立ち上がった。

「じゃあ、猫じゃらしを貸すわね」

おちよは紐《ひも》のついた棒を貸した。

「ありがとう」

儀助が受け取り、さっそく振ってやる。

真っ黒で目が黄色い黒猫のしょう、銀と白と黒の縞模様が美しい小太郎《こたろう》、二匹の雄猫が競うように前足を動かして取ろうとする。

「ほらほら、どっちが取れるかな？」

儀助は楽しそうだ。

のどか屋の雄猫はもう一匹、二代目のどかを母猫とするふくがいる。母と同じ茶白の柄《がら》のある猫で、いちばんの年若だ。

さらにもう一匹、老猫のゆきもいた。尻尾にだけ縞柄の入った白猫で、目がよく晴れた空のように青い。これまでいくたびもお産をし、ほうぼうに子がもらわれていったゆきだが、もう御役御免《おやくごめん》で、みなにかわいがられながらのんびりと余生を過ごしている。

いまは猫地蔵になっている初代ののどかから、あまたの猫がのどか屋で飼われたり里子《さとご》に出されたりしてきた。

のどか屋の猫は福猫だ。おまけに、鼠《ねずみ》をよく捕ってくれる。

いつしかそんな評判が立ったから、子猫のもらい手に困ることはなかった。おかげで猫縁者が増え、さまざまな交わりも生まれた。

「じゃあ、そろそろ行こうかね。……ごちそうさま」

おせいが空《から》になった湯呑みをおちよのもとへ返した。

「ああ、わざわざすみません。いってらっしゃいまし」

おちよが笑顔で答えた。

「じゃあ、またね」

儀助が猫じゃらしを置いた。

支度が整った。

「いってきます」

若おかみと並んだ千吉が言った。

「ゆっくりしてきてね」

おちよがおように言った。

「はい」

おようが笑みを浮かべた。

三

「また一つ妖怪《ようかい》に近づいてしまったよ」

隠居の大橋季川《おおはしきせん》が笑みを浮かべた。

のどか屋の常連中の常連だが、歳《とし》のせいもあって、月に三度ばかり腰の療治のために泊まるだけで、以前のように連日顔を見せることはなくなった。

「妖怪にはまだまだ間《ま》があるでしょう」

俳諧《はいかい》の弟子でもあるおちよが笑う。

「それにしても、わたしのお迎えは忘れられているのかもしれないねえ」

季川はそう言って猪口《ちょく》に手を伸ばした。

「忘れられるのが何よりですよ」

小上がりの座敷で客に療治を施《ほどこ》しながら、按摩《あんま》の良庵《りょうあん》が言った。

隠居の季川がのどか屋に泊まる日には、必ず行う決まりのようなものがある。

まず近くの大松屋《おおまつや》でゆっくり内湯《うちゆ》に浸かる。これも常連中の常連である元締めの信《しん》兵衛《べえ》は、のどか屋のほかにも近くにいくつかの旅籠を持っている。そのうち、いちばん近い大松屋は内湯がいちばんの売りだ。のどか屋が料理なら、大松屋は内湯。いつも客の呼び込みの際にはいいところを告げて張り合っている。

それから、湯上がりにのどか屋で良庵の療治を受ける。これまた信兵衛が持っている巴屋《ともえや》の近くに療治場があり、それぞれの旅籠の客に療治を施している。今日の受け持ちはのどか屋だ。

「まあ、良庵さんの療治を受けていたら、まだまだこっちに引き留められるかもしれないがね」

まんざらでもなさそうな顔で、季川が言った。

「ほんに、長生きしてくださいまし」

良庵のつれあいのおかねが言った。

もとは易者《えきしゃ》だった良庵が目を悪くして気落ちしているところを、按摩《あんま》の技を身につけさせ、見事に立ち直らせたのはこの女房の働きだ。

「この子と長生き比べで」

療治を青い目で興味深げに見ている老猫のゆきのほうを、おちよは指さした。

「はは、そのうち尻尾の先が二つに分かれるかもしれないよ」

隠居は戯れ言《ざれごと》を飛ばした。

「この宿にして良かったよ。年明け早々からいい療治を受けられて」

武州日野《ぶしゅうひの》から江戸へ初詣に来たという客が腹ばいになったまま言った。

「ありがたく存じます」

その背から腰にかけてもみながら、良庵が言った。

「昆布巻きなどのおせち料理でしたらございますので」

時吉が言う。

「わたしはもういただいているがね」

隠居の白い眉がやんわりと下がった。

大松屋の内湯に浸かり、良庵の療治を受けたあと、のどか屋でうまい酒肴《しゅこう》を味わう。一階の泊まり部屋を約してあるから、多少は呑みすぎても大丈夫だ。翌朝は名物の豆腐飯を食し、駕籠《かご》で浅草の隠居所まで帰る。ここまでが決まった流れだった。

ほどなく療治が終わり、良庵とおかねは引き上げていった。

酒と肴《さかな》を勧められた武州日野の客だが、寄るところがあるらしく支度を整えて出ていった。正月ののどか屋には隠居だけが残った。

「そろそろ戻る頃合いですけど」

猫の後架《こうか》（便所）の始末をしながら、おちよが言った。

「時さんとおちよさんは初詣に行かないのかい」

隠居がたずねた。

「どうしましょう」

おちよが時吉に問うた。

「明日は朝餉だけで、千吉たちもいるから、出世不動にでも行くか」

時吉はふと思いついて言った。

初めにのれんを出した神田三河町からほど近いところに、出世不動という小さな社《やしろ》がある。地元の人しかお詣りに来ないささやかなお不動様だが、時吉とおちよはこれまでも折にふれて足を運んでいた。

「ああ、そうね。清斎《せいさい》先生の診療所や安房屋《あわや》さんにもごあいさつして」

おちよが乗り気で言った。

本道《ほんどう》（内科）の医者で薬膳《やくぜん》にくわしい青葉《あおば》清斎と、その妻で千吉を取り上げてもらった産科医の羽津《はつ》、残念なことに火事で亡くなった先代の辰蔵《たつぞう》のころから付き合いがある醬油酢問屋の安房屋など、なつかしい町にはなつかしい人々が住んでいる。

「それがいいね。安房屋さんともずいぶん呑んだものだ」

隠居が遠い目で言ったとき、表で人の話し声がした。

「あ、帰ってきた」

おちよがいそいそと出迎える。

「ただいま帰りました」

おようの明るい声が響いた。

四

千吉たちの土産《みやげ》は煎餅《せんべい》だった。

富岡八幡宮の門前で焼いている煎餅で、青海苔《あおのり》と唐辛子《とうがらし》を散らしたものと醤油だけのもの、三種の味を楽しむことができる。

「焼きたてはもっとおいしかったんですけど」

おようが言った。

「これでも充分香ばしくておいしいわ」

さっそく味わいながら、おちよが笑みを浮かべた。

「舌だめしは煎餅だけか?」

時吉が千吉にたずねた。

「いや、お蕎麦もたぐってきたよ」

千吉が身ぶりをまじえた。

「どこだ?」

「深川のやぶ浪《なみ》まで行ってきた」

千吉は答えた。

「ああ、久しく行っていないな」

時吉は少し遠い目つきになった。

「角《かど》が立ったおいしいお蕎麦でした」

おようが笑みを浮かべた。

「のど越しがよそと違うだろう？」

時吉が言う。

「ええ。とってもおいしかったです」

若おかみは満足げな顔で答えた。

「千吉は何をお願いしてきたの？」

おちよがたずねた。

「へへ、それは」

千吉は笑ってごまかした。

「何よ、『へへ』って」

と、おちよ。

「大松屋の升《ます》ちゃんに先を越されちゃったから」

千吉の言葉ですぐ分かった。

大松屋の升造《ますぞう》とおうののあいだには、桜の花が咲くころに子が生まれる。のどか屋の跡取り息子も負けずに、というわけだ。

「それはわたしも明日お願いしてくるわ」

おちよが言った。

「どちらへお詣りに？」

おようがたずねた。

「神田の出世不動だよ」

「むかしから折にふれてお詣りしてきたところだから」

のどか屋の夫婦が答えた。

五

風は冷たいが、まずまずの日和《ひより》になった。

「行ってくるわね」

見世先にいた二代目のどかに、おちよは声をかけた。

泊まり客の膳が終わったから、今日はのんびりできる。千吉とおようの若夫婦に後を託して、時吉とおちよは古巣とも言うべき神田の三河町のほうへ出かけた。

まず竜閑町《りゅうかんちょう》の醬油酢問屋、安房屋に年始のあいさつをした。野田《のだ》の醬油づくりの花実屋《はなみや》、流山《ながれやま》の味醂《みりん》づくりの秋元家《あきもとけ》など、のどか屋と縁が深く、江戸へ出てくるたびに泊まってくれる醸造元はいくつかあるが、すべて安房屋に品《しな》を卸《おろ》している。先代の辰蔵から身代を継いだ新蔵《しんぞう》は手堅いあきないぶりで、いつのまにか三人の子に恵まれてにぎやかな暮らしぶりだった。

続いて、安房屋からほど近い青葉清斎と羽津の診療所をたずねた。正月にも腹をこわしたり熱を出したりする患者はいる。お産も待ったなしだ。医者はおちおち休んでもいられない。

もとは近くの皆川町《みながわちょう》に診療所があったのだが、火事で焼け出されてしまい、安房屋の好意もあっていまの場所に移った。診療所の並びには療治長屋もある。気長に療治をしなければ本復《ほんぷく》を望めない患者はここに長逗留《ながとうりゅう》をする。

療治長屋には、のどか屋から里子に出した猫もいた。患者の友として、療治の助けをする猫だ。

「元気そうね。ちゃんとお助けをするんだよ」

二代目のどかを母とする猫に向かって、おちよは言った。

「ずいぶんと貫禄がついたな」

時吉が目を細くした。

「こうしてうちの猫がほうぼうでかわいがられて、お役に立って、ありがたいことね」

療治長屋の猫の首筋をなでながら、おちよは言った。

しばらくともに暮らしていた植木職人は首尾よく本復し、いまはもうつとめに戻っているらしい。

「では、またうちにもお越しくださいまし」

去りぎわに、おちよが清斎に言った。

「往診の帰りに寄らせていただきますよ」

総髪《そうはつ》の医者はそう言って笑みを浮かべた。

羽津もちょうど診察の手が空《あ》いたところだった。

「親子二代で、次はお孫さんを観る番ね」

かつて千吉を取り上げたことがある女医が笑みを浮かべた。

「そうですね。これから出世不動さんにお参りしてこようかと」

おちよは答えた。

「きっとご利益《りやく》がありますよ」

髪に白いものが目立つようになってきた羽津が言った。

六

出世不動へ向かう道で、またなつかしい顔に出会った。

鎌倉町《かまくらちょう》の半兵衛《はんべえ》親分だ。

かつては世話になった土地《ところ》の十手《じって》持ちで、さすがに以前よりは老けたが、役者にしたいような男前と色気は健在だった。

着こなしや立ち居振る舞いに隙がなく、十手持ちとは思えないほど言葉遣いもていねいだ。まるで役者が舞台をつとめているような所作《しょさ》は、ほれぼれするほどだった。

長く独り者だったが、常磐津《ときわづ》の師匠と遅く所帯を持ち、いまでは子が二人いるらしい。せがれが寺子屋に通っている話をする半兵衛親分の表情は穏やかで、幸せな暮らしぶりなのがよく伝わってきた。

「では、二代目さんにもよしなにお伝えくださいまし」

折り目正しく言うと、半兵衛親分は一礼して去っていった。

「親分さんもお達者で」

「お目にかかれてよかったです」

のどか屋の夫婦が笑みを浮かべた。

「今年はほかにもなつかしい人に会えるような気がする」

出世不動へ向かいながら、おちよが言った。

「去年からの流れがあるかもしれないな」

時吉も言う。

かつて禄を食んでいた大和梨川藩の勤番《きんばん》の武士だった原川新五郎《はらかわしんごろう》が江戸詰家老に栄転し、のどか屋ののれんをくぐってきて驚いたというひと幕があったところだ。

もともと、おちよの勘ばたらきの鋭さには並々ならぬものがある。そのうち本当に「なつかしい人」が現れるかもしれない。

時吉はそう思った。

さほど長くはないが、出世不動へは石段を上《のぼ》る。のどか屋の二人は滞《とどこお》りなくお参りを済ませた。

「なんだか、またのどかが現れるような気がする」

おちよがぽつりと言った。

「そうだな」

時吉がうなずいた。

大火ではぐれてしまった初代のどかと再会したのも、思い出多いここ出世不動だ。

その初代のどかも、いまは猫地蔵になっている。

祈ることはたくさんあった。

家内安全とあきない繁盛。江戸の平穏無事に、孫の誕生。

何より、猫たちを含めてみな達者で暮らせるように、時吉とおちよは出世不動に両手を合わせた。

「よし、明日からまた長吉屋だ」

お詣りを終えた時吉は、おのれに気を入れるように言った。

「気張ってね。でも、無理しないで」

おちよが言った。

「ああ」

時吉は笑みを返した。

第二章　彩《いろど》り煮《に》と煮奴《にやっこ》

一

翌日――。

豆腐飯の朝餉が終わり、時吉が支度を整えて長吉屋へ向かう頃合いに、大松屋の面々が年始のあいさつに来た。

あるじの升太郎《ますたろう》、千吉の幼なじみの升造、それに、身重《みおも》の若おかみのおうのだ。おうのが升造の付き添いのもとに実家《さと》に帰っていたため、そろってのあいさつが四日になったらしい。

「今年もどうかよしなに」

升太郎が頭を下げた。

「こちらこそよしなに」

時吉も礼を返した。

「今年は家族が増えますね。楽しみなことで」

おちよが若おかみに言った。

「いえ、もう、初めてのお産なので心配ばかりです」

おうのがやや案じ顔で答えた。

「案ずるより産むが易《やす》し、ですよ」

おちよが笑みを浮かべる。

「千ちゃんのときは大変だったそうで」

升造が言った。

「そうだったのよ。済んでみれば、大変だったこともみななつかしい話になるから」

と、おちよ。

「憶えてないよ」

半ば戯《ざ》れ言《ごと》めかして、千吉が言った。

「憶えてたら大変よ」

おちよがそう言ったから、のどか屋の前で笑いがわいた。

「ところで、そのうち元締めの信兵衛さんから話があると思うんですが」

大松屋のあるじはそう前置きしてから続けた。

「おうのもお産で休みになりますし、巴屋さんも建て増しをするらしいので、そのうち掛け持ちの手伝いの娘さんを二人くらいお願いしようかと思いましてね」

升太郎は指を二本立てた。

「ほう、巴屋さんが建て増しを」

時吉が言う。

「ええ。あそこは旅籠だけですが、だいぶ古くなってきたので、建て替えて泊まり部屋の数を増やすみたいです」

大松屋のあるじが答えた。

「いい人が見つかればいいですね」

おちよが言う。

「そちらのほうで伝手《つて》があれば、元締めさんに伝えてくださいまし」

升太郎が言った。

「承知しました。長吉屋のほうでも探してみましょう」

時吉はそう答えた。

二

その翌日――。

長吉屋の一枚板の席には、隠居の季川と並んで、井筒屋《いづつや》の善兵衛《ぜんべえ》が陣取っていた。

井筒屋は薬研堀《やげんぼり》の銘茶問屋だ。あるじの善兵衛は江戸に災いが起きるたびに施しを行うような男で、その人徳を慕う者は数多かった。

「今年は大火などの災いがなければいいですねえ」

善兵衛はそう言って隠居に酒をついだ。

「そのとおりだね。無事が何よりで」

季川は猪口の酒をじっくりと呑み干した。

「わたしも二度焼け出されたので、毎年同じお願いをしています」

厨で手を動かしながら、時吉が言った。

「江戸の火事では、呑み仲間も失ったからね」

隠居がしみじみと言った。

「安房屋の辰蔵さん、岩本町の人情家主の源兵衛《げんべえ》さんに質屋の萬屋《よろずや》さん、みないい人ばかりでした。……はい、お待ちで」

時吉はそっと肴を出した。

松茸《まつたけ》と慈姑《くわい》のうま煮だ。風味もかみ味も違う二種を組み合わせた、正月らしいひと品だった。

「まあしかし、火事で失う縁もあれば、逆に結ばれる縁もあるからね。縁あってわたしが引き取ることになった江美《えみ》と戸美《とみ》もそうだが」

井筒屋の善兵衛が言った。

「もうだいぶ大きくなったでしょう」

時吉が言った。

「大きいも何も、十三だよ」

善兵衛は笑って答えた。

「そりゃあ、もうわらべじゃなくて、立派な娘さんだね」

と、隠居。

「月日の経つのは早いものです」

時吉は感慨深げに言った。

「ほんとにそうだよ」

井筒屋のあるじはそう言って、猪口の酒を呑み干した。

岩本町で焼け出された先の大火のとき、時吉とおちよは一石橋《いっこくばし》の蔵のかげで泣いている双子《ふたご》の赤子を見つけた。見捨ててはおけないから、保護して江美と戸美と名づけた。

井筒屋の善兵衛は有徳《うとく》の人で、女房とのあいだに子宝が恵まれなかったこともあって、それまでもあまたのもらい子を育てて縁あった者に里子に出したりしていた。浅草の並木町《なみきちょう》に出見世があり、かねて長吉屋に通っていたから、あるじの長吉がなかだちとなって二人の子を託すことになった。

当人たちが知るとふびんにつき、わけあってのもらい子だったことにして、井筒屋がこれまで育ててきた。

「ときどき見世に立って、お客さんの相手をするようになっていてね。そろそろ奉公に出たりしたいとも言っている」

善兵衛は告げた。

「さようですか。それなら……はい、お待ちで」

時吉は次の肴を出した。

白魚《しらうお》の磯辺《いそべ》揚げだ。

大ぶりの白魚をからりと揚げ、塩をもみ海苔をまぶせば小粋な酒の肴になる。

「それなら、何だい？」

隠居が先をうながした。

「大松屋さんのおうのちゃんがお産で、巴屋さんも建て増しをするそうで、元締めさんは掛け持ちで働く娘さんを二人雇う腹づもりらしいんです」

時吉はそう伝えた。

「ああ、それはいいかもしれないね。もともとはのどか屋さんに縁があった子たちだから」

善兵衛は「拾った」という言葉をうまく置き換えた。

「では、もしつとめる気があるのでしたら、わたしから元締めの信兵衛さんに伝えますので」

時吉は段取りを進めた。

「分かったよ。わたしからもよく言っておこう」

井筒屋のあるじは笑みを浮かべた。

三

「ああ、あのときの双子さんが」

　のどか屋に遅く戻った時吉は、おちよにわけを話した。

「そうなんだ。いつのまにかもう十三で、何かつとめをしたいということだから、ちょうどいい話かもしれない」

　時吉は言った。

「じゃあ、明日元締めさんが見えたら話してみるわ」

　おちよが乗り気で言う。

「そうだな。向こうがいいと言えば、こちらに来てもらって、信兵衛さんや大松屋さんや巴屋さんなどと顔つなぎをしてからつとめを始めることにすればいい」

　豆を水につける仕込みをしながら、時吉は言った。

　千吉とおようはもう上がり、巴屋の近くの長屋へ戻っている。これから先は若夫婦だけの時だ。

「善屋《ぜんや》さんはいいのかしら」

おちよが訊く。

「元締めさんは同じでもあそこは浅草で掛け持ちができないから、あとであいさつをするくらいでいいだろう」

時吉は答えた。

「分かったわ。あのときの双子の捨て子が立派に育ったのねえ」

おちよは感慨深げに言った。

「捨て子だったことは井筒屋さんが隠して育ててきたんだから、たとえ陰でも言わないほうがいい」

時吉がクギを刺した。

「そうね。ぽろっと口をついて出たりしたら困るから」

おちよは表情を引き締めた。

「そうだな。深い事情があってのもらい子ということになっているんだから」

時吉は言った。

土間の隅で、老猫のゆきがぴちゃぴちゃと音を立てて水を呑んでいる。小太郎としょうとふくは、さきほどまでおちよが振る猫じゃらしを我先に取ろうとしていた。二代目のどかを含めて、猫たちはみな達者だ。

「なんにせよ、元気で達者に育っていてくれるといいんだけど」

おちよが言った。

「井筒屋さんの口ぶりだと、それは大丈夫そうだ」

時吉は笑みを浮かべた。

四

暮れから正月にかけては、ことに火事が多い。

今年は何事もなければいいなと思っていたところ、六日に半鐘《はんしょう》の音が響きだしたから肝《きも》をつぶした。

「まだ遠いな」

「いったいどのへんかしら」

のどか屋の若夫婦はいくたびも外に出て様子をうかがった。

江戸の人々は火事の怖さが身にしみて分かっている。そのうち、大松屋の面々も案じ顔で通りに出てきた。

「飛び火しないといいけど」

升造が空を見て言った。

「わりかた風があるからね、升ちゃん」

幼なじみの千吉が答えた。

火事で何より恐ろしいのは飛び火だ。半鐘が鳴っているところが遠そうでも、風で飛び火があればあっという間に災いが身近に迫ってくる。横山町の界隈《かいわい》でも、とりあえず支度だけはと、荷車に家財道具を積みこみだす者もいた。

しかし、幸いなことに、このたびは火が迫ってくることはなかった。

四谷《よつや》の御簞笥町《おたんすまち》から出た火は、麴町《こうじまち》などを焼き、翌七日の朝に鎮火した。肝をつぶしたが、江戸じゅうを焼く大火にはならなかった。

「どうやら大丈夫そうだな」

昨日の夕方、あわてて長吉屋から戻ってきた時吉が言った。

「なんとか、こちらのほうは。焼け出された方はお気の毒だけれど」

おちよが答えた。

「もう少し火元が近ければ炊き出しをやったんだけどね」

千吉が言った。

「それはまたの機だな」

時吉は跡取り息子の肩をぽんとたたいた。

五

「こっちは逃げる算段をしてたよ」

あんみつ隠密がそう言って、苦《にが》そうに猪口の酒を呑み干した。

「お近くでしたものね」

おちよが気の毒そうに言った。

黒四組《くろよんぐみ》のかしら、あんみつ隠密こと安東満三郎《あんどうみつさぶろう》の屋敷は番町《ばんちょう》だから火元に近い。

「正月から焼け出されなくて良かったぜ」

あんみつ隠密は苦笑いを浮かべた。

将軍の履物や荷物などを運ぶ黒鍬《くろくわ》の者は三組まであることが知られているが、ひそかに四番目の組も設けられていた。日の本を股にかけた悪党を追ってお縄にする影御用をつとめるこの組こそ、約《つづ》めて黒四組だ。甘いものに目がないゆえにその名がついたあんみつ隠密は、のどか屋の古くからの常連だった。

「こちらも昨日は浮き足立っていたもので聞くのが遅れたけれど、そういうことなら双子の娘さんに会ってみたいね」

元締めの信兵衛がおちよに言った。

井筒屋で育った江美と戸美の話を、いまおちよが伝えたところだ。

「さようですか。では、うちの人が帰ってきたら伝えておきます。井筒屋さんはまた長吉屋に顔を出してくださるようですし」

おちよのほおにえくぼが浮かんだ。

「お待ちで。いつものですが」

千吉があんみつ隠密に肴を出した。

「おう、いつものがいちばんんだ」

黒四組のかしらは渋く笑って、おのれの名がついたあんみつ煮を受け取った。

油揚げの甘煮だ。

油揚げを煮て、砂糖と醬油で味つけしただけの簡明な肴だが、できたてでも冷えてもうまい。甘いものがあればいくらでも酒が呑めるという風変わりな舌の持ち主にはちょうどいい料理だ。

「ところで、平《へい》ちゃんは？」

千吉が訊いた。

二代目と仲のいい万年平之助《まんねんへいのすけ》同心のことだ。

日の本じゅうの悪党を追う黒四組だが、江戸だけを縄張りとして見廻りをしている者もいる。一見すると町方《まちかた》の隠密廻りと区別がつかないその御仁《ごじん》こそ、幽霊同心こと万年平之助だ。

「万年は新年早々から見廻りだ。ここんとこ、もらい子を募る有徳の者のふりをして金だけせしめる悪いやつが跳梁《ちょうりょう》しているらしいからな」

黒四組のかしらは苦々しげに言った。

「まあ、井筒屋さんとは大違いですね」

おちよの眉間《みけん》にしわが浮かんだ。

「だいぶ網は絞れてきたから、そのうちとっちめられるだろう。まあ何にせよ、その双子の話がうまく決まればいいな」

あんみつ隠密は元締めの顔を見て言った。

「さようですね。うちの手伝いの娘さんは福を運んできてくれるので」

信兵衛は若おかみのおようをちらりと指さした。

千吉の女房になったおようも、元は掛け持ちで手伝いをする娘だった。

「その前のおこうちゃんもいい縁があったし、大松屋さんはおうのちゃんと升造さんが結ばれてややこもできるし」

おちよがどこか唄うように言った。

「いっそのこと、福娘ってことにしちまえばいいさ」

あんみつ隠密が言った。

「ああ、いいですね。そういたしましょう」

元締めが乗り気で言った。

六

段取りは滞りなく進んだ。

長吉屋に来た井筒屋善兵衛に訊いてみたところ、江美も戸美も喜んで手伝いをやってみたいということだった。ならば、元締めと旅籠のあるじたちもまじえて顔つなぎの場を、と話が進み、日取りまで決まった。

その前日は、隠居がのどか屋に泊まる日だった。

早めに良庵の療治を受け、一枚板の席で呑んでいると、岩本町の御神酒《おみき》徳利《どっくり》がやってきて話に花が咲いた。

「なら、福娘が二人だね」

湯屋のあるじの寅次《とらじ》が笑みを浮かべた。

「そいつぁ、春から縁起がいいや」

野菜の棒手振《ぼてふ》りの富八《とみはち》が言う。

「もし決まったら、そういう縁起のいいお膳もいいわね」

おちよが思いつきを口にした。

「福娘にちなんでね」

隠居がそう言って、猪口の酒を呑み干した。

「とりあえず、彩《いろど》り豊かで福が来そうな肴ができましたので」

若おかみのおようが膳を運んできた。

「野菜の彩り煮でございます」

千吉が厨から言う。

「おう、おいらが運んできた品だぜ」

富八が自慢げに言った。

里芋《さといも》、人参《にんじん》、牛蒡《ごぼう》、蓮根《れんこん》、椎茸、絹《きぬ》さや。具だくさんで彩り豊かな煮物だ。干し椎茸の戻し汁も加えただしで煮て、醬油と味醂を加えてさらにじっくりと煮詰めていく。

「いい味が出てるね」

隠居の眉がやんわりと下がった。

「天盛《てんも》りにした針柚子《はりゆず》がまたいいじゃねえか」

湯屋のあるじが満足げに言った。

ここで泊まり客が戻ってきた。

越中富山《えっちゅうとやま》の薬売りたちだ。

ありがたいことに、江戸に泊まるたびにのどか屋を定宿《じょうやど》にしてくれている。

「寒かったでしょう。お疲れさまでございます」

おちよが労をねぎらった。

「江戸も越中みたいに寒いっちゃ」

「何か五臓六腑《ごぞうろっぷ》があったまるもんを」

そう所望されたので、煮奴《にゃっこ》を出した。

豆腐と葱《ねぎ》をだしで煮ただけの簡明な料理だが、冬場にあたたまるにはもってこいだ。

「うまいっちゃ」

「はらわたが生き返るみたいだ」

薬売りたちが相好《そうごう》を崩した。

「人が食べているのを見ると、おのれも食べたくなるね」

隠居が乗り気で言った。

「そういう欲がありゃ、まだまだいけますぜ」

湯屋のあるじが言った。

「長生きしてくださいましな」

野菜の棒手振りが和す。

「お迎えを忘れられてるようだから、いま少し江戸でおいしいものをいただくことにするよ」

隠居が笑って言った。

「はい、煮奴、お待たせいたしました」

ややあって、おようが盆を運んできた。

「来た来た」

隠居がさっそく受け取る。

「おいらも食いたくなってきたな」

「たしかに、人のはうまく見えるから」

富八と寅次が言う。

座敷の薬売りたちはさらに寒鰈《かんがれい》の煮つけを所望した。これも冬の恵みだ。二代目の煮魚はことにうまくなったと評判だった。

「食すなり、一句浮かんだよ」

季川が笑みを浮かべた。

「では、書き初《ぞ》めがてら」

俳諧の弟子のおちよが短冊を用意した。

煮奴の湯気あたたかに江戸の町

季川はうなるような達筆でそうしたためた。

「さあ、付けておくれ、おちよさん」

のどか屋の常連中の常連は、大おかみに向かって言った。

「なら……あれこれ思案していても仕方がないので、浮かんだ句を」

おちよはこう付けた。

ともに見ゆるは笑顔なりけり

「今年も、たくさんの笑顔が見られるといいですね」

おようが言った。

「ほんとにそうだね」

厨で手を動かしながら、千吉が笑みを浮かべた。

第三章　江美《えみ》と戸美《とみ》

一

のどか屋の前にこんな貼り紙が出た。

本日の中食
かきあげ丼膳
けんちん汁、香《こう》の物、小鉢つき
四十食かぎり　四十文
八つどきより　おざしきかしきりです

今日は井筒屋善兵衛が江美と戸美をつれてくる。

元締めの信兵衛と、ほかの旅籠のあるじも来るから、座敷は貸し切りにした。

時吉は長吉屋を兄弟子《でし》に任せ、のどか屋に詰めている。厨に入れるため、こういうときにとばかりにかき揚げ丼にした。揚げ物は千吉だけだと手が遅くなるので客から不満が出かねない。さりとて、つくり置きを出すわけにもいかない。ちょうどいい加減で出すのがいちばんだ。

海老《えび》と小柱《こばしら》入りの風味豊かなかき揚げだ。これにたれをたっぷりかけて供する。飯の盛りもいいから客はみな笑顔だった。

「これなら、毎日通ってもいいぜ」

「かき揚げがさくさくしてて、たれもたっぷりだしよう」

「けんちん汁も具だくさんでうめえ」

そろいの半纏《はんてん》の左官衆が口々に言った。

大工に左官に植木職。そういった職人衆は横のつながりがあるから、「どこそこの飯がうまい」といううわさがすぐさま広まる。そのほかに、中食も味わう泊まり客も近所の常連もいるから、よほど天気が芳《かんば》しくないかぎりのどか屋の膳が売れ残ることはなかった。

「おあと、三人さまでございます」

およう のよく通る声が響いた。

「こちらさまで切らせていただきます。相済みません」

古参の手伝いのおけいが慣れた身ぶりで客を止めた。

「ふう、間に合ったぜ」

「ちっ、出遅れたか。おいらの代わりに食ってくんな」

「おう、すまねえな」

客同士が言葉をかわす。

みなおおむね知った顔だから、もめごとになることはめったにない。

「ああ、食った食った」

「あとを引く味だったたな」

のどか屋から出て来る客はみな笑顔だった。

こうして、今日の中食の膳も好評のうちに売り切れた。

二

「ちょっと早く来すぎたかな」

元締めの信兵衛が苦笑いを浮かべた。

「これからお座敷の支度をしますので」

おちよが言った。

いつもなら短い中休みを取る。朝が早いため、座敷で少しでも横になって眠る。たとえいくらかでも眠れば、疲れも取れるのが常だった。

しかし、今日はそういうわけにもいかない。いつもはおちよが横になるや、老猫のゆきや二代目のどかなどが手ぐすねを引いていたかのようにおなかや胸に乗ってきて、競うようにふみふみを始めるのが常なのだが、今日はいささか勝手が違うような顔つきをしている。

「わたしより下になるんですね」

若おかみのおようも畳を拭きながら言った。

旅籠の客の呼び込みは変わりなくあるから、このあとおけいとともに出かけることになっている。

「そうね。もし決まったら、仲良くしてあげてね」

おちよのほおにえくぼが浮かんだ。

「はいっ」

おようも笑みを返した。

「鯛の活けづくりはまだ早いから」

千吉が首をひねった。

「茶碗蒸《ちゃわんむ》しの支度をしたらどうだ」

時吉が水を向ける。

「ああ、そうですね。そうします、師匠」

千吉は答えた。

ほどなく支度が整い、おようとおけいは呼び込みに出ていった。

入れ替わりに入ってきたのは、大松屋のあるじの升太郎だった。

「うちも呼び込みに出て行きましたよ。先に泊まり客を見つけるんだと言って」

すれ違ったとおぼしい升太郎が言った。

「そのうち、江美ちゃんと戸美ちゃんにも呼び込みに出てもらうことになるかも」

おちよが笑みを浮かべた。

「それはちょっと急ぎすぎだな。まずは慣れてからだ」

時吉が言った。

「そもそも、旅籠のつとめは向かないからと断られるかもしれないんだから」

元締めの信兵衛が慎重に言った。

「まあ、それならそれでいいから。何にせよ、楽しみね」

おちよが言った。

「あの大火のときの赤子が、娘さんになってうちへ来るかと思うと感慨《かんがい》深いな」

いくらか遠い目つきで、時吉は言った。

「ほんとにそう」

おちよがゆっくりとうなずいた。

三

のどか屋も大松屋も、泊まり客は無事見つかった。

夜になって泊まり部屋を求める客もいるから、初めからどうあってもすべて埋めねばならないということはない。たとえ少しでも埋まってくれればありがたいかぎりだ。

「役者がそろってきたね」

しばらく大松屋の様子を見てから戻ってきた元締めが言った。

大松屋のおうのは身重だから旅籠にいるが、跡取り息子の升造は父の升太郎と一緒に来ていた。千吉とは竹馬《ちくば》の友だから、話が弾む。

「今日の料理の顔は何だい?」

升造が訊いた。

「鯛の姿盛りかな。それに、天麩羅や茶碗蒸しや……あ、楽しみがなくなるからあんまり言わないようにしよう」

千吉は答えた。

「はは、それもそうだね」

升造が笑みを浮かべた。

ややあって、巴屋のあるじの松三郎《まつさぶろう》が姿を現わした。

「ご苦労さまです」

千吉がすぐさま声をかけた。

巴屋の近くに長屋があってよく顔を合わせるため、すっかりなじみだ。

「どうぞよしなに」

松三郎は先客に向かって笑みを浮かべた。

「普請《ふしん》のほうはそろそろですか？」

大松屋のあるじが問うた。

「ええ。もう客は入れていないので、あさってから半ば取り壊しに入ります」

巴屋のあるじが答えた。

「大変ですね。普請のあいだはどうされるんですか？」

おちよが問うた。

「いっぺんにみな壊すわけじゃないので、家族の寝泊まりするところは残します。それで、普請の終わったところに移って暮らしていくつもりなんですが」

いくらかあいまいな顔つきで松三郎は答えた。

「もしよろしければ、うちへお泊まりくださいまし」

おちよが如才《じょさい》なく言った。

「うちも空き部屋をつくりますので」

大松屋のあるじも言う。

「さようですか。その節はよしなに」

松三郎が頭を下げた。

「巴屋さんの普請が終わるまでは、助っ人に入ってもらっても暇かもしれないがね」

元締めの信兵衛が言った。

「呼び込みなどをじっくり覚えてもらえればと」

升造が言う。

「もうすっかり跡取りの顔だね」

厨で手を動かしながら、時吉が言った。

「そりゃあ、子ができるんですから」

少し不満げに升造は答えた。

「この先も千吉と競い合ってやっていってね」

おちよが笑みを浮かべた。

「はい。気張ってやりますんで」

大松屋の跡取り息子がいい顔つきで答えた。

そのとき、外で人の話し声が響いた。

「おっ、来たかな」

信兵衛が腰を浮かせた。

案《あん》の定《じょう》だった。

ほどなく、養父の井筒屋善兵衛に連れられて、双子の娘がのどか屋ののれんをくぐってきた。

四

「まあ、こんなに大きくなって……」

おちよが目を瞠《みは》った。

銘茶問屋のあるじにつれられた双子の娘は、もうおちよより背が高かった。

「どうぞお上がりくださいまし」

時吉が身ぶりをまじえて言った。

「なら、上がらせてもらおう」

井筒屋善兵衛が言った。

「はい」

さすがに双子で声がそろう。

黒縮緬《くろちりめん》に島田髷《しまだまげ》、よそいきの定紋付《じょうもんつ》きの着物には裾模様が散らされている。江戸でも指折りの銘茶問屋のあるじが養父だから、いでたちには抜かりがなかった。

おちよが花を活けた上座に、井筒屋のあるじと双子の娘が座った。善兵衛は元締めの信兵衛と大松屋と巴屋のあるじに上座を譲ろうとしたが、信兵衛たちが固辞《こじ》して座る場所が決まった。

「では、紹介しましょう。うちの娘たちです」

善兵衛が手つきをまじえた。

「姉の江美です」

「妹の戸美です」

同じ顔立ちの娘たちが名乗った。

どちらも緊張気味で、まだ笑みは浮かばない。

「ほんとにそっくりだね」

大松屋のあるじの升太郎が言った。

「見分けがつかないかも」

跡取り息子の升造が首をひねる。

「ほくろのあるなしで分かるんだよ」

善兵衛が言った。

「わたしは、鼻の脇にほくろがあります」

江美が指さした。

「あっ、ほんとね」

飲み物を運んできたおちよが笑みを浮かべた。

「ほくろがないと、ほんとに分かりません」

一緒に盆を運んできた若おかみのおようが言う。

「声もちょっと違う」

善兵衛が言った。

「わたしのほうがいくらか低いので」

妹の戸美が告げた。

「まあ、つとめを始めて慣れれば分かると思うがね」

元締めが言った。

「すると、雇っていただけるんでしょうか」

井筒屋のあるじが問うた。

「それはもう、井筒屋さんの養女ですから」

信兵衛は二つ返事で答えた。

「うちは若おかみが身重なので、二人来てもらえると助かりますよ」

大松屋のあるじが言う。

「うちも普請が終われば泊まり客が増えるので」

巴屋の松三郎が笑みを浮かべた。

「こちらも、よしなにお願いいたします」

時吉が厨から出て頭を下げた。

「早々と話が決まったから、あとは宴《うたげ》だね」

元締めが猪口をかざした。

「その前に、旅籠の案内はいいんでしょうか？」

井筒屋のあるじが訊いた。

「ああ、そうですね。せっかく座ってもらったところだけど、まずうちからご案内しましょう」

おちよが言った。

「じゃあ、わたしも一緒に」

控えていたおけいが手を挙げた。

「では、案内してもらっておいで」

善兵衛が言った。

「はい」

双子の声がまたそろった。

五

のどか屋には六つの泊まり部屋がある。

二階の通りに面したほうに三つ。見晴らしはいいが、荷車の音や人の話し声が聞こえるから一長一短だ。

奥には二つ。つくりが同じ三部屋のうち、一部屋は時吉とおちよが使っている。

一階は小料理屋だけれども、並びに一つだけ泊まり部屋がある。足が悪い客や、酔って夜中に泊まり部屋を求める客などが使う。隠居の季川が泊まる日は予約済みだ。

旅籠には泊まり客もいた。正装の娘たちを見て驚いていたが、わけを話して行灯《あんどん》などの部屋のしつらえをあらためさせてもらった。

「そうかい、旅籠のつとめをするのかい」

「しっかり気張りな」

客はそんな声をかけてくれた。

「気張ってやります」

「どうかよしなに」

江美と戸美は言葉を返した。

引っ込み思案で言葉が出ない娘さんだと慣れるまで苦労するかもしれないが、この調子なら大丈夫そうだ。

おちよはほっとする思いだった。

「階段の下りに気をつけてね」

先導しながらおけいが言った。

「急なほうとゆるいほう、階段が二つあるけど、お運びのときはゆるいほうを使って」

おちよが手で示した。

「お客さんが寝てますけど」

江美が笑って言った。

小太郎としょうとふく、三匹の雄猫たちが丸まって寝ていた。

「この子たちはうちの子だから」

おちよのほおにえくぼが浮かんだ。

「踏まないように」

おけいがまたいで通る。

「ちょっとごめんね」

「上を通るよ」

双子の娘も続いた。

なぜ階段が二つもあるのか、おちよは説明した。

初めにつくった階段が急すぎるので普請をやり直してもらったところ、猫たちのお休み処になってしまったという話を、江美と戸美は笑顔で聞いていた。

ひとわたり旅籠を見せたあと、横手ののどか地蔵へ案内した。

「いま、同じ柄の二代目ののどかがいるけど、守り神だった初代ののどかを祀《まつ》ってあるの」

おちよが説明した。

「なら、お詣りしないと」

「そうね」

双子の娘は、のどか地蔵の前で両手を合わせた。

実の親の顔を知らない江美と戸美の祈りは長かった。

六

双子の娘が戻ると、仕切り直しで宴になった。

「のどか屋さんの料理はどれも美味《おい》しいから、遠慮せずに食べなさい」

養父の井筒屋善兵衛がうながした。

「はい」

「いただきます」

初めは硬かった表情がだいぶやわらいできた。

おめでたい席には欠かせない鯛《たい》は姿盛りにし、あたたかい茶碗蒸しも出した。

「わあ、おいしい」

「こんな茶碗蒸し、初めて食べるかも」

江美と戸美が声をあげた。

「いま天麩羅《てんぷら》も揚げるので」

千吉が厨から言った。

「二代目も腕が上がって、万々歳だね」

善兵衛がおちよに言った。

「いえいえ、毎日ばたばたしていますよ」

おちよは笑みを浮かべて答えると、あらためて双子の娘を見た。

おのずと感慨を催《もよお》す。

大火のあとに、いきさつがあってもらった子であることは、井筒屋善兵衛が江美と戸美に伝えてある。ただし、ふびんだから、捨て子だったことは隠してあった。

実の親は長吉屋とのどか屋の客筋だが、わけあって名乗り出るわけにはいかないから、おまえたちも探すなと善兵衛は告げているらしい。ただし、ことによると、薄々は何か勘づいているかもしれない、とは井筒屋の言葉だった。

天麩羅は早春の恵みの蕗《ふき》の薹《とう》と白魚だった。江美も戸美も食すたびに笑顔になった。

「つとめを始めたら、ゆっくり食べてはいられないからね」

元締めの信兵衛が言った。

「でも、中食のあとはまかないがあるし、食べるものには困らないから」

おちよが笑みを浮かべる。

「先に呼び込みに出て、まかないはあとにすることもあるけど」

おけいが言う。

「朝餉と中食のあいだにおにぎりなどを少し食べておくの」

と、おちよ。

「それも楽しみです」

「まかないもおいしいはず」

双子の娘が笑みを浮かべた。

「じゃあ、次の案内はうちだね」

大松屋のあるじが言った。

「うちは内湯が名物だから」

跡取り息子の升造が笑みを浮かべた。

「そのあとで、これから普請だけどうちも見てもらうことにしよう」

巴屋のあるじが段取りを進めた。

「まだ料理があるし、日は高いから」

井筒屋のあるじが言った。

「最後に餡巻《あんま》きもお出ししますので」

千吉が厨からいい声を響かせた。

「餡巻きですか？」

江美が問うた。

どうやら姉のほうが物おじしない性分のようだ。

「甘くておいしいですよ」

旅籠のあるじたちに酒のお代わりを運んできた若おかみのおようが言った。

わらべが喜ぶ餡巻きは千吉の得意料理の一つだ。十三はまだわらべが少し大きくなったくらいだから、きっと喜ぶだろうと思って支度をしてきた。

「それは楽しみです」

戸美が笑みを浮かべた。

その後も料理に舌鼓《したつづみ》を打ちながら話が続いた。江美と戸美には、そのうち「の」を散らしたのどか屋の着物と帯を仕立てる。それまでは自前の着物で、まずは両国橋の西詰で客の呼び込みの見習いをすることになった。大松屋でものどか屋でも、空きがあるほうでいい。善は急げで、明日から来てもらうことで話がまとまった。

「それにしても、笑みと富に通じるいい名をつけましたね」

信兵衛がそう言って、井筒屋のあるじに酒をついだ。

名を思いついたのはおちよだが、そう告げるとのどか屋が実の親なのかと思うかもしれないから、井筒屋の夫婦が相談して命名したことにしてあった。

「いかにも福が来そうでしょう」

善兵衛が笑みを浮かべる。

「そういう笑みと富の盛り合わせのお膳もいいかもしれませんね」

おちよが思いつきを口にした。

「それはちょっと難しいかな」

餡巻きをつくりながら、千吉が言った。

「二つが競うような膳がいいかも」

おようが案を出す。

「海の幸《さち》と山の幸とか」

時吉が言った。

「それなら、幸くらべ膳だね」

元締めが言う。

「ああ、それ、いただきましょう」

おちよが乗り気で言った。

ほどなく、餡巻きができた。

さっそく双子の姉妹が食す。

「わあ、甘くておいしい」

江美の声が弾《はず》んだ。

「ほんと、来てよかった」

戸美の表情もほころぶ。

そんな娘たちの様子を見て、みなが笑顔になった。

第四章　幸《さち》くらべ膳

一

翌日――。

江美と戸美は中食の前からのどか屋にやってきた。

当初は旅籠の泊まり客の呼び込みから見習いをするという話だったのだが、せっかくなので中食からつとめたいと双子の娘から申し出てくれたのだ。

「おっ、海山の幸《さち》くらべ膳か」

「そりゃ食っていかねえとな」

そろいの半纏《はんてん》の大工衆が貼り紙に目を止めて言った。

けふの中食
海山の幸くらべ膳
山菜《さんさい》おこわ
ぶり照りやき
いづれがうまいか幸くらべ
みそ汁（あさり）、香の物つき
四十食かぎり　四十文
貼り紙にはそう記されていた。
「まずは、元気よく『いらっしゃいまし』ね」
双子の娘に向かって、のれんを手にしたおちよがまず言った。
「はいっ」
声がそろう。
「お客さまのご案内はわたしがやるので」
おけいが言う。

「膳のお運びはわたしが」

おようが手を挙げた。

「落ち着いてやってね」

厨で手を動かしながら、千吉が言った。

山菜おこわと浅蜊汁《あさりじる》はもうできているから、あとは鰤《ぶり》の照り焼きだ。脂《あぶら》ののった寒鰤を平たい鍋でつややかな照り焼きにしていく。厨からはいい香りが漂っていた。

「はい」

緊張気味に江美が答えた。

戸美もうなずく。

「じゃあ、お客さんも見えたようだし、気張ってやりましょう」

のどか屋のおかみの声に力がこもった。

二

「いらっしゃいまし」

「どうぞ空いているところへ」

おちよとおけいが手本を見せた。

「い、いらっしゃいまし」

江美がようやく言葉を発した。

戸美はもごもごと口を動かしただけだった。次々に客が現れるから、さすがに気おくれがしたようだ。

「おっ、新入りかい？」

「双子じゃねえか」

なじみの左官衆が気安く声をかける。

「はい。今日から掛け持ちで手伝ってもらうことに」

おちよが笑顔で答えた。

「そっくりだな」

「どっちも小町娘だ」

「名は何だい？」

左官の一人がたずねた。

「姉の江美です」

「妹の戸美です」

「二人合わせて『江戸』になるんです」

おちよが言葉を添えた。

「はは、そりゃいいや」

「出来過ぎだぜ」

左官衆は笑って座敷に上がった。

「はい、お待たせいたしました。海山の幸くらべ膳でございます」

おようがさっそく膳を運んだ。

「山菜おこわと鰤の照り焼きの幸くらべです」

おけいが説明する。

「山菜おこわが山で、鰤が海かい」

「鰤が山にいたらびっくりだ」

「んなこと言ってねえで食おうぜ」

「おう」

客の箸が小気味よく動く。

「脂がのっててうめえな」

「いい味出してるぜ、二代目」

厨に向かって、左官衆の一人が言った。

「ありがたく存じます」

千吉がいい声で答えた。

「あの、お運びは」

江美がまだ戸惑いながら訊いた。

「手が足りてるから、表であいさつと残りの人の数えね」

おちよが答えた。

「残りの人の数え？」

戸美がいぶかしげな顔つきになった。

「お膳は四十食にかぎってるから、その数になったところで止めなきゃいけないの」

おちよは口早に答えた。

「お手本を見せるから」

おけいが言う。

「あと何膳？」

おようが厨に訊く。

「んーと、十二だね」

千吉が答えた。

「承知で」

のどか屋の女たちはばたばたと動きだした。

毎度のことだが、中食は合戦場《かっせんば》のような忙しさだ。

「おっ、まだあるかい」

客が急ぎ足でやってきた。

「ございます」

おけいが答えた。

残りの膳の数を頭に入れ、客にわびを入れて止めなければならない。このあたりは腕の見せどころだ。

ほどなく、境の客がやってきた。

「こちらさまで切らせていただきます」

「相済みません。またのお越しを」

のどか屋の女たちの声が響いた。

「しまった、出遅れちまったな」

膳にありつけなかった客が声をあげた。

「相済みません」

「またのお越しを」

江美と戸美も声を発した。

「おっ、新顔かい？」

職人風の男が問う。

「はい、今日からで」

姉の江美が答えた。

「そうかい。明日は遅れねえようにするからよ」

あぶれた客がそう言ってくれたから、双子の娘の顔に同じ笑みが浮かんだ。

三

中食の膳の評判は上々だった。

ただ、客からは思わぬ文句も出た。

「海山の幸くらべって言うには、釣り合いが取れてねえな」

「そうそう、片方がおこわで、片方が照り焼きだからよ」

「相撲《すもう》みてえに、東の大関と西の大関が取り組むようにしねえと」

言われてみれば、そのとおりだった。

「これはこれでうめえがな」

「おこわはもっちりしてるし、具だくさんだし」

客が上機嫌でさえずる。

おこわには山菜がふんだんに入っている。蕨《わらび》もぜんまいもあく抜きに手間がかかる。油揚げの油抜きもひと手間だ。さりながら、手間をかけた甲斐《かい》のある出来で、もち米との相性がぴったりのうまいおこわに仕上がった。

「同じ土俵に上げるのなら、おこわと鯛飯とかよ」

「それじゃ、飯ばっかりじゃねえかよ」

「そのうち筍《たけのこ》が出たら、天麩羅の海山の幸くらべってのはどうだい」

一人の客が思いつきを口にした。

「ああ、いいですね。そのうち出しましょう」

おようが乗り気で言った。

「おこわもうめえが、鰤の照り焼きなら白い飯で食いてえな、おいらは」

「飯がすすむからよ」

「鰤もうめえが、たれがまたうめえんだ」

客の一人が白い歯を見せた。

「毎日つぎ足してる命のたれをまぜてますから」

千吉が笑顔で答えた。

そんな調子で、好評のうちに中食の膳が終わり、短い中休みに入った。

「山菜おこわは多めに炊いてあるので、呼び込みはまかないを食べてからにする？」

千吉がたずねた。

「うーん、終わってからのほうが」

江美が小首をかしげた。

「終わるまで食べられないかも」

戸美が帯に手をやった。

「なかなかお客さんが見つからないとおなかがすくわよ」

おけいが言う。

「まあ、でも、肩の荷を下《お》ろしてからのほうがいいわね」

おちよのほおにえくぼが浮かんだ。

「はい」

双子の声がそろう。

そんなわけで、まかないはあとにして、呼び込みの見習いに出ることにした。

ちょうどここで大松屋の升造とおうのが顔を見せた。いつものように一緒に呼び込みをというわけだ。

「はじめまして、大松屋の若おかみのうのと申します」

宴には顔を出していなかったおうのがあいさつした。

身重だが、ほどほどに身を動かしていたほうがいいらしいので呼び込みには出ている。

「江美と」

「戸美です」

双子が頭を下げた。

「じゃあ、まいりましょう」

のどか屋の若おかみが笑顔で言った。

四

「お泊まりは、内湯のついた大松屋へ」

「ゆっくりほっこり、いいお湯ですよー」

大松屋の若夫婦の声が響く。

「お泊まりは、小料理屋を兼ねたのどか屋へ」

「朝は名物豆腐飯。隠れた江戸名物ですよー」

おけいとおようが負けじと声を張りあげる。

「のどか屋へどうぞ」

「大松屋もよしなに」

双子の娘もだんだんに声が出はじめた。

旅籠の呼び込みはほかに何軒も出ている。大道《だいどう》芸人や蝦蟇《がま》の油売りなど、それに講釈師や振り売りなどもいるから、繁華《はんか》な両国橋の西詰めは大変なにぎやかさだった。

そのうち、万年同心が通りかかった。今日は薬売りのやつしだから、初めはだれか分からなかったほどだ。

「そうかい、今日がつとめ始めかい」

双子の娘を紹介すると、万年同心は笑みを浮かべて言った。

「分からないことばかりで」

「まだあんまり声が出ません」

江美と戸美が言う。

「そのうち慣れるさ。ところで……」

黒四組の幽霊同心はひと呼吸置いて続けた。

「ここんとこ、日の本のほうぼうであくどいだまし薬づくりが出ててな。ただの小石を砕《くだ》いた砂にもっともらしい名をつけて、馬鹿にならねえ値をつけて売りさばいてやがる。かなり大がかりな組で、悪だくみの輪をつくってやがるみてえだから、何か気になるやつがいたら教えてくんな」

万年同心はそう言った。

「だまし薬ですか」

と、およう。

「そうだ。まじめに薬をつくってあきなってる者らから見たら、とんでもねえ野郎どもだ」

万年同心の声に力がこもった。

「うちにも富山の薬売りさんがよく見えますが」

おけいが言った。

同じ薬売りではないが、越中富山の薬売りたちは江戸に来るたびにのどか屋に泊まってくれる。

「ま、そのうち尻尾をつかめるだろう。なら、気張ってな」

万年同心は双子の娘に声をかけると、いなせな身のこなしで雑踏にまぎれていった。

五

のどか屋も大松屋も、首尾《しゅび》よく泊まり客が見つかった。

佐倉《さくら》から江戸見物に来たという二人の客を部屋に案内し、茶と菓子を出すと、やっとひと息ついた。

「なら、まかないにしましょう」

おけいが言った。

「お座敷でいいから」

おちよが手で示した。

「はい」

「おなかすいた」

双子の娘がそう言ったから、のどか屋に和気が漂った。

山菜おこわとお茶と香の物が運ばれてきた。箸休めの肴としてつくっておいた煮豆と切干大根《きりぼしだいこん》の煮物もある。膳の顔の寒鰤の照り焼きこそないが、まかないならこれで充分だ。

「いただきます」

江美が両手を合わせてから箸を取った。

「いただきます」

戸美も続く。

「呼び込みを終えたあとのまかないはおいしいわね」

おけいが言った。

「ほんとですね」

「もちもちしていておいしいです」

「山菜もたっぷり」

双子の娘の顔に笑みが浮かんだ。

ほどなく、元締めの信兵衛が顔を見せた。力屋《ちからや》のあるじの信五郎《しんごろう》も一緒だ。

「そうかい。今日から手伝いを」

信五郎が江美と戸美に言った。

馬喰《ばくろ》町《ちょう》の力屋は、その名のとおり、食えば力の出る料理を出す飯屋だ。駕籠《かご》屋や荷車引きや飛脚《ひきゃく》など、体を使って汗をかくつとめの男たちに重宝《ちょうほう》されている。

飯は大盛り。煮魚などに加えて、芋の煮つけや根菜の金平《きんぴら》など、品数が多くて身の養いになる。のどか屋で修業した京育ちの為助《ためすけ》が入り婿になり、信五郎の娘のおしのとのあいだに子が二人生まれて繁盛していた。

「よしなにお願いいたします」

「まだ慣れませんが」

双子の娘が頭を下げた。

ややあって、岩本町の御神酒徳利ものれんをくぐってきた。

先の大火のあと、縁あって江美と戸美が銘茶問屋の井筒屋善兵衛の養女になったといういきさつが伝えられると、おのずと昔話になった。

「あのときは難儀《なんぎ》でしたな」

湯屋のあるじが力屋のあるじに言った。

「うちも焼けちまって、建て直すことに」

信五郎が答えた。

「うちの湯屋は半焼けで」

寅次があいまいな顔つきで言う。

「おとせちゃんとこは建て直しになっちまったけど」

富八が言った。

湯屋の看板娘だったおとせは時吉の弟子の吉太郎《きちたろう》と結ばれ、「小菊《こぎく》」という細工寿司《さいくずし》とおにぎりの見世を出した。それもひとたびは先の大火で焼けてしまい、建て直すことになった。

「縁あって、うちがあった場所に建て直すことになって」

いくらか遠い目で、おちよが言った。

いま「小菊」があるのは、もとはのどか屋だった場所だ。

「あの大火じゃ、惜しい人をいくたりも亡くしちまったからな」

湯屋のあるじがそう言って、苦《にが》そうに猪口の酒を呑み干した。

「人情家主の源兵衛さんに、正直質屋《しょうじきしちや》の子之吉《ねのきち》さん」

富八が指を折る。

「ほんに、気の毒なことで」

おちよがしんみりと言う。

「そちらは親御さんを亡くしたのかい？」

力屋のあるじが双子の娘にたずねた。

思わず顔を見合わせる。

「そのあたりは聞いていないんです」

江美が答えた。

「長吉屋の客筋からの頼まれごとで、井筒屋さんの養女になったんですよ」

おちよがやや硬い顔つきで言った。

大火の際の捨て子だったことは、当人たちには絶対に知られてはならない。

「それで、のどか屋も関わってくるんだね」

元締めが言った。

「ええ。久方ぶりに再会して嬉しかったですよ」

おちよは笑みを浮かべた。

「旅籠につとめてたら、そのうち実の親が見つかるかもしれないから」

湯屋のあるじが言った。

励ましのためにかけた言葉だったが、江美と戸美はあいまいな顔つきをしていた。

六

その晩——。

時吉とおちよは寝床で双子の娘の話をした。

「寅次さんにはべつに悪気はなく、『旅籠につとめてたら、そのうち実の親が見つかるかもしれないから』と声をかけただけなんだけど、二人ともちょっと変な顔つきをしていて」

おちよが告げた。

「井筒屋さんの話によると、大火のあとにわけあってもらった子で、実の親については何も明かせないってことにしてあるそうだ。ただし、何か感づいているかもしれないとも」

時吉が言った。

「年頃ですものね」

おちよが言う。

「この先も気をつけていないとな。捨て子だったことを知ったら、実の親を恨《うら》む心持ちになるかもしれない」

と、時吉。

「ほんとに、あの大火だから乳吞《ちの》み子《ご》をつれて逃げるのは難儀だっただろうけど、捨てて行くことはないだろうと。……はい、よしよし」

おちよは布団に乗ってきた二代目のどかの背をなでてやった。

「あのときは、猫たちも倹飩《けんどん》箱に入れて逃げたから大変だった」

当時を振り返って、時吉が言った。

「そうだったわね。初代ののどかと、ちのと……」

「ゆきもいた。三匹だった」

「いまはゆきちゃんだけになっちゃって」

おちよがしみじみとした口調で言った。

「大火ではぐれて、『小菊』の猫になったみけも死んでしまったからな」

時吉が言う。

「でも、新たな子が生まれて、猫縁者も増えたので」

二代目のどかをなでながら、おちよが言った。

「そうだな。井筒屋の娘たちのように、久々の人にもまた会えた」

いくらか眠そうな声で時吉は言った。

「実の親さがしとか、後ろを向かず、前を向いて生きていってほしいものね」

おちよは思いをこめて言った。

「そうだな。どちらが幸せになるか、そういう幸くらべだ」

時吉は言った。

「そうね。幸くらべになるといいわね」

おちよはそう言って、またひとしきり猫の背中をなでた。

ごろごろと気持ちよさそうにのどを鳴らす音が闇の中で響いた。

第五章　鯛《たい》づくし

一

翌日の二幕目――。

のどか屋ののれんを三人の武家がくぐってきた。

「まあ、と……じゃなくて、筒井《つつい》様」

おちよはあわてて言い直した。

思わず「殿」と言いそうになったからだ。

「さきほどまで両国橋の西詰の小屋で曲馬《きょくば》を見物しておった。いやあ、面白い見世物であった」

上機嫌でそう言ったのは、大和梨川藩主の筒堂《つつどう》出《で》羽守《わのかみ》良友《よしとも》だった。

もっとも、いまはお忍びだ。筒井堂之進《どうのしん》という仮の名を名乗っている。なりも普通の着流しだ。

「さようでございましたか。それはそれは」

おちよは笑みを浮かべた。

「江戸ならではの見世物で」

「われらも堪能《たんのう》しました」

二人のお付きの武家が言った。

背の高いほうが稲岡一太郎《いなおかいちたろう》、二刀流の達人で、藩でも一、二を争う剣士だ。

小柄なほうは兵頭三之助《ひょうどうさんのすけ》、こちらは将棋の名手だ。一太郎と三之助、一と三だからいたって憶えやすい。

「それは良うございましたね。原川《はらかわ》さまはお達者で？」

おちよが訊いた。

江戸詰家老の原川新五郎《しんごろう》だ。

時吉がまだ武家で、磯貝徳右衛門《いそがいとくえもん》と名乗っていたころからの古い知り合いで、いったんは大和梨川に戻ったのだが、江戸詰家老に抜擢《ばってき》されてまた戻ってきた。

「腰が痛いと言いながらも、達者につとめておる」

お忍びの藩主が白い歯を見せた。

なかなかの快男児で、情にも厚く、国もとでは馬を駆って民の暮らしを検分したりしていた。ただし、何にでも興味を示す性分なのはいいが、糸が切れた凧《たこ》みたいに飛んでいきかねないところがあるから、周りの者はいささか振り回され気味だ。

「それは何より」

おちよのほおにえくぼが浮かんだ。

ここで、旅籠のほうから客の案内を終えたおけいと双子の娘が戻ってきた。

「おっ、見慣れぬ顔だな。新入りか？」

お忍びの藩主が小気味よくたずねた。

「はい、つとめはじめたばかりで」

姉の江美が答えた。

「双子だな」

「そっくりだ」

二人の勤番の武士が言う。

「名は何と申す」

筒堂出羽守が問うた。

「江美と戸美です。合わせると『江戸』になります」

また江美が答えた。

「はは、それは面白い。武家風の名だが、父は何をしておる」

いきさつを知らないお忍びの藩主がたずねた。

双子の娘は顔を見合わせた。

実の父はいま何をしているのか、そもそも生きているのかどうかすら分からない。

「薬研堀の銘茶問屋の井筒屋善兵衛さんが養父でして。実の親のようなものなんです」

おちよが助け舟を出した。

「今日はいい白魚が入っておりますが、筏焼《いかだや》きにいたしましょうか」

千吉も厨から声をかけた。

「おう、それはいいな」

お忍びの藩主の関心は、すぐさま料理に移った。

「蕗の薹の田楽《でんがく》もございます」

若おかみのおようも勧める。

「蕗の薹を田楽にするのか」

大和梨川藩主が驚いたように問うた。

「はい。さっと揚げてから、真ん中に田楽味噌を添えます」

手を動かしながら千吉が言った。

「それはうまそうだ。ぜひ、くれ」

いい声が返ってきた。

「承知しました」

「しばしお待ちください」

のどか屋の若夫婦の声がそろった。

ほどなく、まず白魚の筏焼きができた。

大ぶりの白魚は串に刺して筏に見立て、たれを塗って香ばしく焼くと実にうまい。

「これは酒が進むな」

お忍びの藩主が笑みを浮かべた。

「口福《こうふく》の味です」

「江戸の恵みで」

勤番の武士たちも和す。

続いて、蕗の薹の田楽ができあがった。

「さくっとしていてうまい」

筒井堂之進と名乗る武家が笑みを浮かべた。

「ほろ苦い蕗の薹に甘い田楽味噌がぴったりで」

将棋の名手が言った。

「面を一本取られたような味ですね」

二刀流の遣い手が言う。

「来て良かったぞ。向後《こうご》も励め」

お忍びの藩主は双子の娘に言った。

「はいっ」

江美と戸美の声がそろった。

親のことを問われたときのあいまいな表情とはうって変わった笑顔だった。

二

翌日の長吉屋——。
一枚板の席は埋まっていた。陣取っているのは、隠居の大橋季川、小伝馬町《こでんまちよう》で灯《あかり》屋という書肆を営む幸右衛門、灯屋の仕事もしている狂歌師の目出鯛三、それに、浅草にも支店がある銘茶問屋井筒屋のあるじの善兵衛だった。

「せがれは若おかみの手も借りて、早指南《はやしなん》の紙を増やしております」

厨で手を動かしながら、時吉が告げた。

「それはありがたいことです」

幸右衛門が笑みを浮かべた。

「それなら、たちどころに何冊かできそうですね」

目出鯛三が和した。

いまなお読まれている料理の指南書に『料理早指南』がある。それに範《はん》を取り、灯屋からも早指南ものを出すことになった。

白羽の矢が立ったのは長吉屋のあるじだが、時吉の師でおちよの父でもある長吉は、体が動くうちにと日の本じゅうに散らばっている弟子のもとをたずねて廻っている。文を書いて寄こすようなたちではないから、いまどこでどうしているか消息はさだかでない。

さすがに留守のうちに勝手に出すわけにはいかないが、弟子の時吉と跡継ぎの千吉が力を貸し、指南書の土台となるものを折にふれてつくっていた。

それがいま話に出た「早指南の紙」だ。

名

季

材

つくりかた

かんどころ

そう記された紙が刷り物になっている。

数が集まれば、季節ごと、素材ごと、あるいは調理法ごとに並べ直していけば、早指南ものを次々に上梓《じょうし》することができる。料理のほうはのどか屋の親子がひとまず長吉の代わりに土台をつくり、機を見て目出鯛三が筆を執るという段取りまで決まっていた。本業は狂歌師だが、かわら版の文案や商家の引札《ひきふだ》（広告）など、何でも器用にこなす男だ。

「江美と戸美もだんだん慣れてはきたようですが」

井筒屋のあるじが言った。

「このあいだはちゃんとお酌《しゃく》をしてくれたよ」

隠居の白い眉がやんわりと下がった。

「ご隠居さんから、のどか屋が三河町にあったころの昔話を聞かせていただいたと言っておりました」

善兵衛がそう言って、隠居に酒をついだ。

「はは、年寄りの話は長いから、相済まないことだね」

隠居は笑って酒を呑み干した。

「はい、お待ちで」

時吉が肴を出した。

「常節《とこぶし》の松笠《まつかさ》煮でございます」

一緒に厨に入っている若い料理人が皿を出す。

長吉屋にはさまざまな名のついた部屋があり、毎日何かしらの宴が行われる。そちらのほうの料理はおおむね本厨《ほんくりや》の料理人たちがつくる。時吉はそのつとめぶりに目を光らせたり、ときには助《すけ》っ人《と》を買って出たりする。

「これはまたきれいに笠が開いてますな」

目出鯛三が言った。

常節の身に斜めの格子なりの深い切り込みを入れて煮る。こうすれば味がしみるし、見た目も華やかだ。

「いい味ですね」

灯屋のあるじがうなった。

「これは酒が進む」

井筒屋のあるじが猪口の酒を呑み干した。

続いて、おでんが取り分けられた。

よく煮えた厚切りの大根にはんぺん、それに玉子と厚揚《あつあ》げだ。

「溶《と》き辛子《がらし》をつけてお召し上がりくださいまし」

時吉が身ぶりをまじえた。

「まだまだ風が冷たいから、こういったあたたかいものがありがたいね」

隠居が温顔で言った。

「さようですね。大根に味がしみていて絶品です」

灯屋のあるじがうなった。

「はんぺんもいいものを使ってますな」

目出鯛三が食すなり言う。

「いい仕入れ先に恵まれていますので。厚揚げもふんわりとした仕上がりになります」

時吉が笑みを浮かべた。

その後はまた双子の娘の話になった。

「うちは子ができなかったので、実の娘だと思って育ててきたんだよ」

井筒屋のあるじがいくらか赤くなった顔で言った。

「娘さんたちもそう思っているはずですよ」

時吉が言った。

「当人たちもそう言ってくれているようだが、本心はどうか分からないからね。やっぱり実の親に会いたいという心持ちもあるのじゃないかねえ」

銘茶問屋のあるじは首をかしげた。

「探す手立てはないんでしょうか。何でしたらひと肌脱ぎますが」

目出鯛三が水を向けた。

「先生がかわら版に書いてくださったら、だれかが名乗りを挙げるかもしれません」

灯屋の幸右衛門が言った。

「いや、それはよしておきましょう」

善兵衛が軽く右手を挙げた。

「大火のときのいきさつは、当人たちには伏せてありますからね」

時吉がぼかしたかたちで言った。

「薄々は感づいてるかもしれないが、傷のかさぶたをはがすようなことだけはしないようにと」

養父の表情が引き締まった。

「なら、この先も、実の親は井筒屋さんということだね」

隠居がそう言って、煮玉子を口に運んだ。

「そういたしましょう」

時吉がすぐさま答えた。

三

巴屋の普請が進んだ。

大火のあとなどもそうだが、大工衆や左官衆は仕事が早い。わっと力を出して、たちどころに普請を終えてしまう。

「えっ、もう終わったんですか？」

打ち上げのためにどやどやとやってきた大工衆と左官衆から話を聞いて、おちよは驚きの目を瞠《みは》った。

「やることが早《はえ》えからよ」

「あとは畳を入れたら終《しま》いだ」

そろいの半纏の大工衆が告げた。

「では、今日は打ち上げで」

おようが笑みを浮かべる。

「おう、どんどん持ってきてくんな」

「ひと仕事終わったからよ」

違う屋号の半纏姿の左官衆も上機嫌で言った。

座敷も一枚板の席も、土間までたちどころに一杯になった。のどか屋はにわかに活気づいた。

「今日はちょうどいい鯛が入ってますので」

千吉が厨から言った。

「煮鯛に鯛飯はもうお出しできます」

おようも言う。

「刺身に天麩羅に兜煮《かぶとに》に鯛茶、どんどんつくりますんで」

千吉がいい声を響かせた。

「おう、そりゃいいな」

「できた端から食うからよ」

大工衆が笑顔で言った。

みなで手分けして、さっそく酒と料理を運んでいった。

「おっ、着物ができたのかい」

「よく似合うじゃねえか」

平がなの「の」を散らしたあたたかな色合いの着物と帯に、江美と戸美は身を包んでいた。

「はい、できたばかりで」

戸美が先に答えた。

「巴屋さんの番のときは、巴模様の着物と帯になります」

江美が笑顔で告げた。

「へえ、そりゃ大変だ」

「途中から番が変わったら着替えるのかい」

客の一人が問うた。

「それも大変だから、どちらかでいいわよ」

おちよが代わりに答えた。

「はい、お待ちで」

「まずは煮鯛でございます」

おようとおけいが料理を運んでいった。

「おお、来た来た」

「いい香りだ」

「さっそく食おうぜ」

大工衆と左官衆が競うように箸を動かしだした。

味がしみやすいように、皮の真ん中に一文字の切り込みを入れるのが骨法《こつぽう》だ。甘辛い煮汁でこっくりと煮て、針生姜を天盛りにして供する。膳の顔にしても飯が進むひと品だ。

「舟盛《ふなも》り、上がります」

千吉のいい声が響いた。

二代目が舟盛りをつくっているあいだ、若おかみは鯛飯を仕上げて運びはじめた。

若夫婦の息の合った働きで、料理は次々に運ばれていった。

「ほんとにどんどん出るな」

「食うほうが追いつかねえぜ」

大工衆が言う。

「まあ、今日は打ち上げだからよ」

「ゆっくり呑もうぜ」

左官衆が笑みを浮かべた。

そうこうしているうちに、またのれんをくぐってきた者たちがいた。

「みなさん、ご苦労さんで」

労をねぎらったのは、元締めの信兵衛だった。

「おかげさんで、思ったより早くできあがりました」

もう一人の男が満面の笑みで言った。

巴屋のあるじの松三郎だった。

四

「明日、畳屋さんが来るし、行灯なども入るので、うまくすると三日後くらいからお客さんを入れられるかも」

松三郎がおちよに言った。

「なら、江美ちゃんと戸美ちゃんはそのあたりから巴屋さんに」

おちよが双子の娘のほうを手で示した。

「それがいいね。初めは呼び込みから」

元締めの信兵衛が言った。

「そのうち刷り物も」

巴屋のあるじが言った。

「ああ、いいですね。畳が入ったら見せてくださいまし」

おちよが申し出た。

「どうぞどうぞ、みなさんでお越しください」

松三郎はにこやかに答えた。

「では、長吉屋が休みの日に、うちの人も一緒に」

おちよは乗り気で言った。

「はい、天麩羅揚がったよ」

ねじり鉢巻きの千吉が言った。

「はあい、いま運びます」

おようがいい声で答える。

「手伝います」

双子の娘が申し出た。

「じゃあ、お願い」

と、およう。

「猫に気をつけてね」

おけいが言った。

料理を運ぶときに足元を猫がちょろちょろしたせいで膳をひっくり返してしまうのは、みなが通る道だ。ことに魚料理だと猫たちが浮き足立つから危ない。

妹の戸美は慎重なたちだから大丈夫だったが、案の定、このあいだの中食のときに江美がやらかしてしまった。

「もう大丈夫です。……ほら、危ないよ」

江美は近くにいたしょうに声をかけた。

「おかげさんで、いい旅籠になりました」

松三郎が大工の棟梁に酒をついだ。

「こっちこそ、ここはおれらが建てたんだっていう誇りになりまさ」

棟梁が旅籠のあるじにつぎ返す。

「これで四軒そろって万々歳ですね」

おちよが元締めに言った。

「そうだね。浅草の善屋さんも繁盛しているようだし、大松屋さんにはそろそろ孫が生まれるし」

信兵衛が笑みを浮かべた。

鯛づくしの料理はさらに続いた。

数にかぎりがある兜煮は、大工と左官のかしらに出した。

「こりゃ役得だな」

大工の棟梁が表情を崩した。

「かしらが頭《かしら》を食ったら共食いだ」

左官のかしらもご満悦だ。

「みなさんには鯛茶を」

おちよが盆を運んでいった。

「昆布締めの鯛に練り胡麻《ねごま》に薬味とだしでお召し上がりください」

おようがどこか唄うように言った。

「おお、来た来た」

「こりゃうまそうだ」

次々に手が伸びる。

「お酒のお代わりもどうぞ」

「新たな肴もございます」

江美と戸美も動いた。

鯛には捨てるところがない。独活《うど》と合わせた鯛の皮の三杯酢《さんばいず》に、わたを使った塩辛《しおから》。

どれも酒の肴にはもってこいだ。

「ああ、鯛茶がうめえ」

「生き返る味だな」

「普請でずいぶん気張ったからよ」

ほうぼうから声があがった。

「明日は畳を入れて仕上げだ。終いまで気を抜くな」

大工の棟梁が言った。

「へい」

「承知で」

大工衆のいい声が返ってきた。

第六章　巴屋《ともえや》の客

一

しばらく経ったある日——。
のどか屋の前に貼り紙が出た。

けふの中食
海山の幸くらべ丼膳
海　あさり玉子丼
山　たけのこ木の芽焼き丼
二つを小ぶりの丼で食べくらべ

とうふ汁つき
四十食かぎり　五十文にて

「へえ、二つの丼を食べくらべかよ」

「こりゃうまそうだ」

ちょうど通りかかったなじみの職人衆が言った。

「でも、手が足りるのかい」

「ここの二代目、ときどき欲張って手が回らなくなっちまうからよ」

「今日もあたふたするんじゃねえか」

職人衆はそんな話をしていたが、案ずることはなかった。

今日は長吉屋がたまの休みで、時吉も厨に入っている。二人がかりなら丼の食べくらべの膳も出せる。

海の幸は浅蜊だ。鍋にだしを入れ、浅蜊のむき身を投じ入れて火にかける。沸いてきたところで溶き玉子を流しこみ、三つ葉を散らして半熟になったところでほかほかの飯に盛る。

玉子はまだまだ値が張るが、のどか屋にはいい伝手があるため存外に安く仕入れることができる。とはいえ、いつもの中食よりは値を上げざるをえなかった。

「ああ、これだけでも絶品だな」

「いつまででも箸を動かしていてえな」

「ほんとに、減らなきゃいいのによ」

おのれが食っているのに、客は勝手なことを口走っていた。

「筍の木の芽焼きのほうもうめえぜ」

「こんがりと焼けててよう」

べつの客が笑みを浮かべた。

「たれに浸けてから、なんべんもかけながら焼いていますので」

お運びをしながら、おようが言った。

「どっちを残すか箸が迷うな」

「膳も運び手も幸くらべだ」

きびきびと動いている江美と戸美のほうを指さして、職人衆の一人が言った。

「毎度ありがたく存じました」

膳を食べ終えた客に向かって、江美が明るく声をかけた。

「ありがたく存じます」

戸美も和す。

妹もこのところだいぶ声が出るようになってきた。

「また親子でやってくんな」

「倍の量を食えるからよ」

「幸くらべなら、ちょいと高くても食ってやらあ」

客は上機嫌で言った。

「承知しました」

「ありがたく存じます」

のどか屋の親子の声がそろった。

二

「なら、頼むぞ」

時吉が千吉に声をかけた。

「承知で」

厨で仕込みの手を動かしながら、二代目が答えた。

「お願いね」

おちよはおようとおけいに言った。

「はい、行ってらっしゃい」

おけいが答えた。

女たちはこれから両国橋の西詰へ呼び込みに出る。時吉とおちよは江美と戸美をつれて建て替わった巴屋を訪れるところだ。

千吉とおようは近くに長屋があるから、早々と案内してもらったらしい。建て増しをしたおかげで部屋数が倍になり、ずいぶんと立派になったという話だった。

「明日からはしばらく巴屋番ね」

おちよが言った。

「あるじもおかみも優しいから、案ずることはないよ」

時吉が笑みを浮かべた。

「はい」

「気張ってやります」

双子の声がそろった。

巴屋が近づいたところで、元締めの信兵衛に出会った。

「これからうかがうところで」

時吉が言った。

「それなら、ご案内しましょう」

信兵衛はきびすを返した。

「悪いですね、元締めさん」

と、おちよ。

「なんの。刷り物もできたし、明日からでもお客さんを入れられそうです」

信兵衛は上機嫌で言った。

「あっ、置き看板も新しくなってますね」

おちよが指さした。

はたご　巴屋
此処《ここ》入る

小さな屋根のついた置き看板が出ている。

いくらか奥まった静かなところだから、目印になる看板は欠かせない。

「この際だからと、旅籠の看板も提灯も新たに調《ととの》えたんです」

元締めが答えた。

旅籠に着いた。

あるじの松三郎もおかみも笑顔で出迎えてくれた。

「どうぞお上がりください」

「いまお茶をお持ちしますので」

巴屋の夫婦が愛想よく言った。

真新しい畳は藺草《いぐさ》の香りがかぐわしかった。それればかりではない。廊下も階段も壁も、何もかもが清々《すがすが》しかった。

「いいですねえ、どこも真新しくて」

おちよが笑みを浮かべた。

「奥に建て増しをしたので、部屋数が増えました」

案内しながら松三郎が言う。

「どの部屋も落ち着きそうです」

と、時吉。

「着物もできてるから、お客さまのご案内をよろしくね」

おかみが言った。

「はい」

「気張ってやります」

双子の娘が答えた。

三

翌日は三つの旅籠が力を合わせて呼び込みをすることになった。

巴屋はおかみと双子の娘の三人が両国橋の西詰に向かった。江美も戸美も、巴模様を散らした着物と帯だ。

「お泊まりは、内湯のついた大松屋へ」

升造がいつもの調子で声をかける。

「ゆっくりほっこりのお宿ですよー」

だいぶおなかが大きくなってきたおうのも和す。

「のどか屋は朝餉付きです」

若おかみのおようが負けじと声をあげた。

「名物は豆腐飯。おいしいですよー」

おけいが笑顔で言う。

「巴屋は建て替えたばかりです。真新しい畳でいかがですか」

おかみの声に応えて、江美と戸美が刷り物を配っていく。

「どうぞよしなに」

「お泊まりは巴屋へ」

双子の娘が笑みを浮かべて渡す。

そこにはこう記されていた。

はたご　巴屋
岩井町入る
おとまり十部屋
浅草、湯屋、めし屋近し

簡単な絵図も入っていて、道筋がすぐ分かるようになっていた。

ちなみに、この湯屋とは岩本町の寅次のところだった。岩井町は岩本町のすぐ近くだ。

　そのうち、三人の男たちがやってきた。

「長逗留はできるか？」

「二部屋あったほうがええねんけど」

　上方《かみがた》の訛《なま》りがある。

「はい、いくらでもお泊まりくださいまし」

「うちも大丈夫です」

　のどか屋と大松屋がまず答えた。

「うちは普請をやり直したところで、まだどなたもお泊まりになっておりませんので」

　巴屋のおかみがここぞとばかりに言った。

「そのほうがええな」

「人の耳が遠いほうがええさかいに」

　大きな荷を背負った男たちが言った。

「では、ぜひとも巴屋へ」

　おかみが押す。

「あとから人が増えるかもしれんからな」

「江戸の見世びらきの相談で」

「ひともうけしよと思てな」

上方訛りの男が言った。

「さようでございますか。どんなお見世で？」

おかみが問うた。

「薬種問屋の河内屋《かわちや》や。薬の振り売りもするで」

かしらとおぼしい男が天秤棒《てんびんぼう》をかつぐしぐさをした。

「それは楽しみでございますね。長逗留のお客さまは値引きさせていただきますので、ぜひともうちへ」

おかみはしたたるような笑みを浮かべた。

「ほな、迷っててもしゃあないさかい」

「巴屋へ行こか」

話が決まった。

「ありがたく存じます」

双子の娘の声がそろう。

「では、お先にすみません」

巴屋のおかみが笑顔で言った。

「お疲れさまです」

「お気をつけて」

のどか屋と大松屋から明るい声が響いた。

四

翌日の二幕目――。

のどか屋に黒四組の面々が姿を見せた。

安東満三郎と万年平之助、それに、今日は韋駄天《いだてん》侍こと井達天之助《いだてあまのすけ》と日の本の用心棒こと室口源左衛門《むろぐちげんざえもん》もいる。

「双子の娘さんは巴屋番かい？」

万年同心がたずねた。

「ええ。さっき見てきたら、いきなりの繁盛で忙しそうでした」

おちよのほおにえくぼが浮かんだ。

「そりゃ何よりで」

無精髭《ぶしょうひげ》を生やした室口源左衛門の顔がほころぶ。

「上方の薬種問屋のお客さんがいくたりも長逗留されているそうで」

おちよが伝えた。

「上方の薬種問屋だと？」

いつもの油揚げの甘煮を食していたあんみつ隠密が顔を上げた。

「ええ。河内屋さんという名で、江戸に出見世を出すのだとか」

おちよは少しいぶかしそうな顔つきになった。

「臭いますな」

万年同心が神棚のほうをさりげなく指さした。

そこには十手が飾られていた。おちよと千吉は持ち前の勘ばたらき、あるじの時吉は剣術でこれまで悪党退治に力を貸してきた。そのほうびも兼ねて、のどか屋には黒四組から十手が託されていた。房飾りは初代のどかからいまのふくにまでつらなる茶白の猫の毛並みと同じ色だ。

「何かあるんですか」

おちよは声を落とした。

「前に呼び込みのときに告げたんだが、偽《にせ》の薬で濡れ手に粟《あわ》の大もうけを企んでいる悪いやつらが日の本のあちこちにいてな」

　万年同心が告げた。

「どうやら大坂に根城《ねじろ》があるらしい。石を砕いた砂やそのへんの草を刻んだ一文もかからねえ偽薬を物々しい袋に入れたりして妙薬《みょうやく》と偽って法外な値であきなってる。上方じゃ悪評が立ったから、今度は江戸に来るんじゃねえかっていう噂だった」

　あんみつ隠密が苦々しげに言った。

「そいつらかもしれませんな」

　室口源左衛門がそう言って、根菜のとろみ煮を口に運んだ。

　今日の中食の副菜だった料理で、人参、里芋、牛蒡、蒟蒻《こんにゃく》、蒲鉾《かまぼこ》など具だくさんの煮物だ。片栗粉《かたくりこ》でとろみをつけるとことに美味で、ほっとする味に仕上がる。

「うまい具合に網に掛かってくれたのなら重畳《ちょうじょう》だが」

　あんみつ隠密が言った。

　ここで元締めの信兵衛がのれんをくぐってきた。いきさつを伝えると、信兵衛はすぐさま呑みこんだ。

「なら、巴屋へ伝えておかなきゃなりませんな」

信兵衛の顔つきが引き締まった。

「おまえも行ってこい」

あんみつ隠密が韋駄天侍に言った。

「承知で」

脚自慢の男がすっと立ち上がった。

「わしの出番はまだですな？」

室口源左衛門が猪口の酒を干す。

「捕り物は外堀が埋まってからだな」

黒四組のかしらは渋《しぶ》く笑った。

「だったら、江美ちゃんと戸美ちゃんの耳にも入れておかないと」

おちよが言った。

「そのあたりはわたしが」

元締めが請け合った。

かくして、段取りが整った。

五

翌日——。

巴屋には客が増えた。

先客と同じ上方訛りで、大きな嚢《ふくろ》を背負った男が二人加わり、部屋数は三つになった。

どこぞへ出かけた男たちは、大徳利を提《さ》げて上機嫌で帰ってきた。

湯呑みに酒をつぎ、あたりめを肴に呑みはじめる。

「上野《うえの》の広小路《ひろこうじ》なら、のれんを出すのに不足はないやろ」

かしらとおぼしい男が言った。

「名は河内屋でいきまんのか」

手下が問うた。

「いや、河内屋は足がついてるかもしれん。まっさらな名でいこか」

かしらは答えた。

「たとえば、どんな名で」

「新たに売り出す薬の名は万寿丹《まんじゅたん》や。なら、万寿堂《まんじゅどう》でええやないか」

かしらが言った。

「よろしおますな」

「ええ響きで」

手下たちが賛同する。

「もう袋もいろいろ刷ってある。場所が決まったら刷り物配りやな。のれんとか看板とか、いろいろ段取りをせんならん」

かしらが言う。

「わてが番頭をつとめさせてもらいますさかいに」

一の子分とおぼしい男が笑みを浮かべた。

「頼りにしてるで。ほんまに良薬のつもりで売ったれ」

かしらが言った。

「えらい良薬やわ」

「石とか草とか砕いて袋へ入れただけやのに」

「一文もかかってへんさかいにな」

手下たちが酒をあおりながら言う。

「鰯《いわし》の頭も信心からって言うやないか。良薬やと信じこんでのんだら、ほんまに良うなるかもしれんで」

かしらが言った。

「世のため、人のためでんな、かしら」

「わいらはええことしてんねん」

「ほんで、金もうけにもなってる。言うことなしやな」

手下たちがさえずった。

その声に、廊下の端でひそかに聞き耳を立てていた者たちがいた。

それは、江美と戸美だった。

六

「まあ、それは大変」

双子の姉妹から話を聞くなり、おちよが顔色を変えた。

「平ちゃん、来ないかな」

千吉がそわそわしながら言う。

「まあ、でも、逗留先は巴屋さんと決まってるんだから」

およう がなだめるように言った。

「そうだね。じっくり網を張ればいいか」

千吉は思い直すように答えた。

つとめが終わったので、江美と戸美は薬研堀の井筒屋へ戻った。元締めの信兵衛に
は巴屋から知らせが伝わった。むろん、双子の姉妹は巴屋にも客の秘密を伝えていた。

さてどうしたものかという話をしていたとき、いつもより早めに時吉が戻ってきた。

「安東さまのお屋敷なら分かる。さっそく知らせてこよう」

話を聞いた時吉はすぐさま言った。

「これで網が張れるね」

元締めが笑みを浮かべた。

時吉は番町に向かって駆けた。

道行く者が何事かと目を瞠ったほどの速さだった。若い頃に鍛えてあるから、いま
でも飛脚並みの健脚 (けんきゃく) だ。

「おお、いい知らせだ」

時吉から話を聞くなり、黒四組のかしらは笑みを浮かべた。

「江美と戸美がうまく耳に入れてくれました」

時吉は耳に手をやった。

「そりゃあ、手柄《てがら》だ。捕り物が終わったら、ほうびをやらねえと」

あんみつ隠密が言った。

「しばらく巴屋さんに逗留するようです。見世は上野の広小路に出すのだとか」

時吉が告げた。

「この江戸で勝手なことはさせねえや。盗賊のたぐいじゃねえから、大がかりな捕り物は要《い》るめえが、取り逃がしたら事だ。町方にも声をかけて、段取りを整えて一網打尽にしてやる」

黒四組のかしらの声に力がこもった。

「どうかよしなに」

のどか屋のあるじは小気味よく頭を下げた。

七

「刷り物はもうでけるで」

かしらが上機嫌で言った。

「半被《はっぴ》も手配しましたんで」

「浅草の奥山《おくやま》とか、両国橋の西詰とか、繁華なとこに万寿丹の振り売りを出しまひょ」

手下が言う。

「そら、ええな。うまいこと口上《こうじょう》を言うたったら、江戸のあほらは飛びついてきよる」

かしらはほくそ笑むと、湯呑みの酒を啜《すす》った。

巴屋の部屋に客が集まっている。今日も今日とて悪だくみの相談だ。

「医者の言葉も刷り物に入れるとは、かしらも知恵が回りまんな」

手下がお追従《ついしょう》を言った。

「ふふ、まあな。がめつい医者でだいぶ銭よこせって言われたけど、医者が言うことは信じるさかいにな。万寿丹は飛ぶように売れるで」

かしらはそう言うと、酒をくいと呑み干した。

「濡れ手に粟《あわ》の大もうけでんな」

「しばらくもうけたら新吉原《しんよしわら》に居続けで」

「はは、そらええな」

手下たちは勝手なことを口走った。

だが……。

それもそこまでだった。

廊下で足音が響き、わらわらと人が入ってきた。

「御用《ごよう》だ」

「神妙にしろ」

町方の捕り役だった。

「げっ」

「何やこれは」

大坂では河内屋ののれんを出していた偽薬づくりたちはにわかに狼狽《ろうばい》した。

「偽薬づくりの河内屋、その方らの奸計《かんけい》、許し難し。仔細《しさい》は奉行所にて訊くことにしよう。神妙にお縄につけ」

安東満三郎が言った。

しゃっ、と室口源左衛門が抜刀する。

万年同心も十手を構えた。

「御用だ」

「御用」

町方の捕り方が迫る。

「ちっ」

「何で分かったんや」

偽薬で大もうけをもくろんでいた者たちは盗賊ではない。刃物なども持っていなかった。

不意を突かれた者たちはもろかった。逃げようとした者たちの前には室口源左衛門が立ちはだかってお縄にした。それでも逃げ出した者は韋駄天侍の井達天之助が追って捕縛《ほばく》に導いた。

巴屋に陣取った河内屋の偽薬づくりは、一人残らずお縄になった。

「これにて、一件落着」

最後に、あんみつ隠密が高らかに言い放った。

八

「このたびは手柄だったな」

安東満三郎が双子の娘に言った。

しばらく経ったのどか屋だ。このあいだの捕り物の打ち上げがこれから行われるところだった。

「わたしたちはお伝えしただけで」

江美が控えめに答えた。

「この子たちが告げたことは、悪者の耳には入っておりませんでしょうか」

井筒屋の善兵衛が少し案じ顔でたずねた。

仕返しを案ずるのは養父としては当然のことだ。

「いや、河内屋のことはかねて耳にしてたから、おれらが網をたぐってお縄にしてやったことになってる。それは案ずるには及ばねえよ」

黒四組のかしらがそう告げたから、井筒屋のあるじも双子の姉妹も、のどか屋の面々もほっとした顔つきになった。

「では、どういうお裁きになりましょうか」

元締めの信兵衛がたずねた。

「盗賊じゃねえからお仕置《しお》きにはできねえが、いままでやってきたことがあまりにもあくどい。かしらと一の子分は遠島《えんとう》くらいにはなるだろう。あとの連中は江戸十里四方所払《ところばら》いだろうな」

あんみつ隠密が読みを示した。

「普請をやり直した初めの客がとんだ連中で相済まないことでしたが」

巴屋のあるじがあいまいな表情で言った。

「旅籠のせいじゃねえさ。気にしないでくんな」

あんみつ隠密はそう言うと、山菜の天麩羅を味醂に浸した。

今日の中食は山菜天丼の膳だった。時吉は長吉屋で千吉だけだから、食べくらべにはできない。その代わり、たっぷりの量にして好評だった。蕨、たらの芽、独活の芽、筍、蕗の薹、どれも天麩羅にすると美味だ。

「そう言っていただけると助かります」

松三郎が頭を下げた。

「でも、何にせよ、江戸で偽薬がはやらなくてよかったですね」

おちよが言った。

「金を積まれて刷り物に名をのせる手はずだった医者も江戸所払いだ。欲に目がくらむとろくなことにはならねえ」

あんみつ隠密はそう言って、猪口の酒を呑み干した。

「この調子で、もう一つの捕り物もうまくいくといいですな」

万年同心は今日の料理の華とも言うべき伊勢海老《いせえび》の具足煮《ぐそくに》に箸を伸ばした。

殻ごとぶつ切りにして煮つける豪快な料理で、武士の鎧《よろい》に見立ててある。ていねいにあくを取っては落とし蓋をして煮なければならないが、手間をかけただけのことはある上々の仕上がりだった。

「もう一つの捕り物と言いますと？」

酒を運んできたおちよがたずねた。

「井筒屋の前で言うのも何だが、わけあって育てられねえ子を里子に出してちゃんと世話してやるからと馬鹿にならない銭をふんだくる悪いやつらがいてな」

あんみつ隠密はあいまいな顔つきで答えた。

「まあ、それで、その子たちは？」

おちよがさらに問うた。

「なかにはゆくえ知れずになっている子もいるらしい」

万年同心が代わりに答えた。

「万一のことがあったら、厳しいお裁きを」

井筒屋のあるじの表情がこわばった。

江美と戸美の表情も曇る。

「ああ、分かった。次はそっちのほうを急がねえと」

黒四組のかしらが引き締まった顔つきで言った。

それからしばらく経ち、江戸に花だよりが届きはじめたころ、もう一つの捕り物も終わった。

里子に出してやるからと偽って不浄《ふじょう》の金を集めていたのは、あろうことかさる寺の住職だった。本堂に閉じこめられたわらべたちは無事みな助け出され、悪党どもは厳しいお沙汰《さた》を受けた。

託されたわらべは折を見て売り飛ばしたり、場合によっては亡き者とするつもりだったらしい。難を免れても帰るところがないわらべたちは、町方の斡旋《あっせん》により、有徳の者たちに引き取られた。

そのなかには、井筒屋善兵衛も含まれていた。江美と戸美と同じく、善兵衛は実の子としてわらべを育てることにした。
こうして、図らずも双子の姉妹に歳の離れた弟ができた。

第七章　鰹三昧《かつおざんまい》

一

江戸のほうぼうで桜の花が開いた。

これからは花見の季《とき》だ。のどか屋にも花見弁当の注文がいくつも入った。朝餉と中食と二幕目に加えて弁当づくりもあるから大忙しだ。

大和梨川藩からも折詰弁当の注文が来た。屋敷に枝ぶりのいい桜が植わっており、労せずして花見ができるらしい。

錦糸玉子《きんしたまご》と海老と山菜を彩りよく散らした寿司につややかな稲荷《いなり》寿司も添え、小鯛の焼き物などを詰めた二重の折詰弁当は大の好評だった。

「美味であったぞ。花見にはもってこいだった」

お忍びの藩主がじきじきにのどか屋ののれんをくぐって、そんな言葉をかけてくれたほどだった。

「ありがたく存じます。恐れ入ります」

おちよが恐縮して頭を下げた。

「みな大喜びでした」

お付きの稲岡一太郎が白い歯を見せた。

「ご家老も上機嫌で」

兵頭三之助も和す。

「そのうちまた顔を出すと言っておった」

筒堂出羽守が告げた。

「原川さまでございますね。お待ちしておりますとお伝えください」

おちよが笑顔で言った。

「おう、伝えておこう」

お忍びの藩主が答えた。

「大川に屋根船を浮かべての花見などはなさらないんですか」

おちよがたずねた。

「国もとでは作物が育たず、難儀をしている者も多いと聞いた。江戸でわれらだけ浮かれているわけにはいかぬからな」

大和梨川藩主は答えた。

「そんなわけで、屋敷で地味に花見をしたわけです」

「屋根船の代わりがここの弁当で」

二人の勤番の武士が言った。

「まあ、そんなわけで、向後も頼むぞ、二代目と若おかみも」

お忍びの藩主が言った。

「承知しました」

「どうかよしなに」

千吉とおようの声がそろった。

二

桜の花が散りはじめるころ、のどか屋に一つの嬉しい知らせが届いた。

大松屋のおうのが無事、子を産んだのだ。

「生まれたよ、千ちゃん」

升造が急いで知らせに来た。

「ほんと？　升ちゃん」

千吉の瞳が輝いた。

「ああ、生まれた生まれた」

升造は唄うように答えた。

「おうのちゃんは平気？　大丈夫？」

おちよが口早に問うた。

おのれも千吉を産むときは大変だったから、まずおうのの身を気づかった。

「ええ、大丈夫です。産婆さんも、この按配なら心配はいらないだろうと」

升造が答えた。

「それは良かった」

おちよの顔に安堵《あんど》の色が浮かんだ。

「男の子ですか？　それとも、女の子？」

おようがたずねた。

「男の子だったよ」

本当に嬉しそうに、升造は答えた。

「なら、三代目だね」

千吉が言った。

「産後の肥立ちに気をつけて」

おけいが言った。

かつては乳呑み子だった一人息子の善松《ぜんまつ》は無事に育ち、浅草の小間物屋の見習いとしてつとめている。先の大火が縁で結ばれた多助《たすけ》とのどか屋を手伝っていたおそめが開いた見世だ。のどか屋の縁はここでもたしかにつむがれていた。

「はい。で、いまはお粥《かゆ》くらいだけど、そのうち何か精のつくものの出前を頼めないかと思って」

升造は幼なじみの千吉に言った。

「そりゃお安い御用だよ」

千吉は二つ返事で答えた。

「玉子粥などはどう？　それならつくれるけど」

おちよが水を向けた。

「ああ、それはいいかも」

升造は乗り気で答えた。

「なら、さっそくつくるよ」

と、千吉。

「できたら倹飩箱で届けるから」

おちよが身ぶりをまじえた。

「お願いします。助かります」

大松屋の跡取り息子が頭を下げた。

三

できあがった玉子粥の碗を倹飩箱へ入れ、おちよは大松屋へ運んだ。

ちょうど前の通りで医者の御幸《みゆき》順庵に出会った。

「まあ、順庵《じゅんあん》先生」

「お届け物ですか？」

診療所が近くにあり、往診もしている医者が温顔《おんがん》でたずねた。

「ええ。おうのちゃんに精のつく玉子粥をと」

おちよは倹飩箱を少しだけかざした。

「それはいいですね。いま往診の帰りですが、ここまでは母子ともに順調です」

順庵は答えた。

赤子を取り上げるのは産婆だが、その後は順庵も折にふれて診ることになっている。当時はいまと違ってお産で命を落とす女と赤子が格段に多かったが、ここ横山町には腕のいい産婆と診立てに信を置ける順庵がいるから安心だった。

「そうですか。それは何よりです」

おちよは笑みを浮かべた。

「では、冷めないうちに。またのどか屋さんにもまいりますので」

順庵は身ぶりをまじえた。

「お待ちしております」

おちよは一礼してから大松屋に向かった。

あるじの升太郎もおかみも大いに歓迎してくれた。部屋へ行くと、壁際に布団を立てかけ、お産を終えたおうのが身をもたせかけていた。当時は産後すぐ横になるのは良くないと言われており、縄などにつかまって立ったままでいさせられる女も多かった。

しかし、そのせいで具合が悪くなってしまう例も多かったため、産婆と順庵が相談して少しでも身を休めさせるようにしたのだった。

「お疲れさま。玉子粥を持ってきたので」

おちよがおうのに声をかけた。

「それはそれは、ありがたく存じます」

おうのが答えた。

「あっ、泣いた」

赤子を抱っこしていた升造が言った。

「おっかさんに返しな」

升太郎が言った。

「ああ」

升造が大事そうに赤子をおうのの手に戻した。

「よしよし」

母の顔で、おうのはわが子をあやした。

「なら、お粥はゆっくり食べてください」

おちよは空《から》になった倹飩箱を提げた。

「今日は戸美ちゃんがうちの番だから、器が空いたら返しに行ってもらいます」

おかみが告げた。

姉妹で離ればなれになるが、江美は巴屋の番だ。

「承知しました。ゆっくり食べてね」

おちよは笑みを浮かべた。

「はい」

赤子を大事そうに抱いたまま、おうのが笑みを返した。

四

大松屋の三代目の名が決まった。

升吉《ますきち》だ。

升太郎、升造、升吉と続く。

「べつに千ちゃんから採ったんじゃないよ」

のどか屋を訪れた升造が言った。

「そりゃそうだろう」

千吉は苦笑いを浮かべた。

「なんだか吉だらけね」

おちよが笑った。

「長吉屋で修業したら、名を変えなくて済むよ」

千吉が軽口を飛ばした。

「なら、大きくなったら料理人だ」

升造が笑って答えた。

ここで岩本町の御神酒徳利がのれんをくぐってきた。

「おっ、跡取りが生まれたそうじゃねえか」

湯屋のあるじが声をかけた。

「めでてえな」

野菜の棒手振りが和す。

「おかげさんで」

升造が笑顔で答えた。

「升吉っていう名にしたそうですよ」

おちよが告げた。

「なんだ、また『吉』かよ」

寅次が笑った。

「ゆくゆくは料理人かもしれないって話をしてたところなんです」

おちよのほおにえくぼが浮かんだ。

「なら、大松屋も普請をやり直して小料理屋付きにしちまえばいい」

岩本町の名物男が言った。

「のどか屋があるんだから、二軒あっても」

升造はあまり乗り気ではなかった。

「だったら、のれん分けでどこかにもう一軒出せば？」

おちよが水を向けた。

「ああ、それはいいかも」

今度は声が弾んだ。

「まだ生まれたばっかりなのに、そんな話しててもしょうがねえよ」

野菜の棒手振りが笑った。

ここで肴が出た。

「お待たせしました」

おようが運んできたのは、高野豆腐《こうやどうふ》の揚げ煮だった。

一枚板の席で肴を味わいながら、さらに話を続ける。

「巴屋が建て直してくれたおかげで、うちの客も増えてよう」

湯屋のあるじがそう言って箸を動かす。

「刷り物にも載ってたからな、『湯屋が近い』って……ああ、こりゃうめえ」

富八がうなった。

「ほんとだ。揚げてから煮ると味がしみてうめえ。一味唐辛子《いちみとうがらし》もぴったりだ」

寅次が和す。

「付け合わせの茹《ゆ》でた小松菜《こまつな》がうめえ」

野菜の棒手振りがそこをほめる。

「ひじきと根菜の煮物もどうぞ」

おようがすぐさま次の肴を運んできた。

「おう、これもうまそうだな」

と、寅次。

「牛蒡に人参《にんじん》、おいらが運んだ野菜だぜ。こうやってそぎ切りにするとうめえんだ」

富八が笑みを浮かべた。

「油揚げもいい脇役になってくれてます」

厨から千吉が言った。

「なら、おいらはこれで」

升造が右手を挙げた。

「ゆっくりしていきなよ」

「いや、早くまた子の顔を見てえんだよ」

「はは、そうか。そりゃしょうがねえな」

湯屋のあるじが笑った。

「のどか屋も負けちゃいられねえな」

大松屋の二代目を見送ってから、湯屋のあるじが言った。

「まあ、そのうちに」

若おかみがあいまいな笑みを浮かべた。

「その前に、この子がお産をするので」

おちよが二代目のどかを指さした。

茶白の縞のある猫が前足であごのあたりをかく。

「そうかい。生まれたらまたほうぼうに里子に出さなきゃな」

と、寅次。

「ええ。もう猫侍などの手が挙がっているので」

おちよが答えた。

「いっそのこと、子猫にはみな『吉』をつけちまえ」

富八がそう言ったから、のどか屋に笑いがわいた。

五

「今年も初鰹《はつがつお》をいただけるのは幸いだね」

長吉屋の一枚板の席で、隠居の季川が言った。

「初と言うには、いささか遅いですが」

時吉が答える。

「なに、のどか屋よりはずっと早いよ」

隠居が笑みを浮かべた。

「客が違いますからね。そう言うと、こちらが物持ちみたいですが」

隣の客が言った。

上野黒門町の薬種問屋、鶴屋《つるや》の隠居の与兵衛《よへえ》だ。あきないはせがれにすっぱりと譲り、隠居所を兼ねた隠れ家のような小料理屋の後ろ盾になっている。紅葉屋《もみじや》というその見世の女あるじのお登勢《とせ》は、かつて時吉と料理人の腕くらべで競ったほどの腕前で、以前は千吉が修業を兼ねて花板をつとめていた。いまは跡取り息子の丈助《じょうすけ》が気張って修業に励んでいる。

「いや、鶴屋さんは充分に物持ちだよ」

と、隠居。

「薬も評判ですからね」

一枚板の席の端に陣取っている男が言った。

善屋のあるじの善蔵《ぜんぞう》だ。旅籠は浅草の下谷寄りのところにあるから、のどか屋より長吉屋のほうがずっと近い。

「いいものをあきなっていれば、生計《たつき》の道も開けますので」

与兵衛はそう言って、鰹のたたきを口中《こうちゅう》に投じ入れた。

ほどよくあぶって皮の下の脂を溶かした絶品のたたきだ。長吉屋には物持ちの客が来るし、宴も催されるから、のどか屋よりひと足早く鰹が出る。

ここで双子の仲居が姿を現わした。

「浜名の間《はまな　ま》のお客さま」

「鰹三昧《ざんまい》でお願いしますとのことです」

花板の時吉に告げる。

もうだいぶ古株で、つとめぶりにはそつがない。

「承知で」

時吉はすぐさま答えた。

一枚板の席の客ばかりでなく、本厨や仲居からも声がかかるから板前は忙しい。

「そちらの双子さんは気張ってやってるかい」

長吉屋の双子の仲居が戻ったあと、隠居が訊いた。

「ええ、つとめにも慣れて、気張ってやっているようです」

手を動かしながら、時吉は答えた。

一緒に板場に立っているのは若い信吉《しんきち》だ。鰹三昧の段取りを伝え、手分けして料理をつくっている。

「このあいだ巴屋さんに顔を出したら、どちらもいい表情でつとめていましたよ」

善屋のあるじが伝えた。

「それは何よりだね」

隠居が笑みを浮かべて、猪口の酒を呑み干した。

鰹三昧の料理は次々にできた。

浜名の間の客ばかりではなく、一枚板の席の客にも出される。

「お待ちで。まずは山かけでございます」

千吉の兄弟子《でし》の信吉が小鉢を下から出した。

料理は下から出さねばならない。それが長吉のいちばんの教えだ。

どうだ、食えとばかりに、ゆめゆめ上から出してはならない。

どうぞお召し上がりください、と下から出さねばならない。

その教えを、弟子の時吉も、せがれの千吉も固く守っていた。

切った鰹の身にとろろ芋をかけ、もみ海苔を散らしておろし山葵《わさび》をあしらう。これに醤油をたらせば、こたえられない酒の肴になる。

「続いて、木の芽焼きでございます。あらかじめつけ醤油につけてあったものが頃合いになりましたので」

時吉が言った。

「どんどん出るね」

隠居の白い眉がやんわりと下がった。

「ああ、山かけがうまいです」

与兵衛がうなる。

「今日来て良かったですよ」

善屋のあるじが相好を崩した。

外で猫のなき声が響いた。

「そちらの猫たちはみな達者ですか？」

しばらくのどか屋には顔を出していない善蔵がたずねた。

「ええ。近々また子が産まれるので、里子に出すつもりです」

鰹の竜田揚《たつたあ》げをつくりながら、時吉は答えた。

「ああ、それなら……」

与兵衛が箸を置いて続けた。

「猫屋の日和屋《ひよりや》さんにどうだい。紅葉屋の猫が子を産んだらあげるという話にはなってるんだが、このところ、気に入った猫がいたら引き取り賃をもらってお客さんに渡すというあきないも始めたようだから」

同じ上野黒門町《くろもんちょう》にのれんを出している日和屋は、いまなら猫カフェだ。存外に古いあきないで、江戸の世からすでにあった。

日和屋のあるじの子之助《ねのすけ》とおかみのおこんは、のどか屋とも深い縁があった。もし引き取ってくれるのなら話が早い。

「さようですか。では、ちよとも相談してそのようにさせていただきましょう」

時吉は乗り気で言った。

「どちらか先に生まれたほうでもいいね」

と、与兵衛。

「両方でもいいでしょう。猫屋なんだから」

善屋のあるじが笑った。

紅葉屋にはのどか屋から里子に出した猫がいる。二代目のどかの娘で同じのどかという名になったから三代目のようなものだ。

ほどなく、竜田揚げができあがった。

片栗粉《かたくりこ》をまぶし、色よく揚げたひと品だ。

できあがるのを待っていたかのように、双子の仲居が姿を現わした。このあたりはさすがの勘だ。

「はい、お願いします」

時吉が皿を盆に載せた。

「承知しました」

「またまいります」

双子の仲居がいい声で答える。

「そちらの双子も、そのうちあんな感じになるだろうね」

隠居が温顔で言った。

「元締めさんの旅籠を手伝う娘さんは良縁に恵まれるので、そのうちまたいい話が聞けるでしょう」

善屋のあるじが言う。

「江美と戸美、どちらが幸せになるか幸くらべで」

鰹のすりながし汁を準備しながら時吉が言った。

「そうだねえ。先の大火のおり、おちよさんが橋の近くで拾った子たちだから、幸せになってもらいたいものだねえ」

隠居がしみじみと言った。

「当人たちは捨て子だったことを知ってるんですか？」

善屋のあるじが問うた。

「いえ、わけあってのもらい子だったということにしてあります」

時吉は答えた。

ここでうわさをしている分にはいいが、そのうちふとした拍子に当人たちの耳に入ってしまうかもしれない。そのときにどんな心持ちになるのだろうかと思いながら、時吉はすりながし汁を仕上げた。

「はい、お待ちで。鰹のすりながし汁でございます」

今度は時吉が椀を下から出した。

鰹をおろしたときに出るくず身も捨てるには忍びない。出刃包丁の背でよくたたき、さらに裏ごしをしてすりながし汁にすれば立派な料理になる。青葱《あおねぎ》と生姜《しょうが》、さらに薬味として粉山椒《こなさんしょう》を加えれば美味だ。

「いい味を出してるね」

隠居が笑みを浮かべた。

「味わい深いよ」

与兵衛も和す。

その後も鰹三昧は続いた。

皮もいい肴になる。

軽く塩をあて、両面を焼いて短冊《たんざく》切りにする。これをたっぷりの大根おろしで和え、青葱とおろし生姜をのせて醤油をかければ出来上がりだ。

「鰹は捨てるところがないね」

隠居がそう言って、つがれた酒を呑み干した。

その後は浅草寺の御開帳の話になった。

三月の末から御開帳になったので常にも増しての人出で、奥山《おくやま》にはたくさんの見世物が出てにぎわいを見せている。

「この歳になって、初めて驢馬《ろば》を見たよ」

隠居がそう言って笑った。

隠居所に近いから、ゆっくり杖を突いて見物に行ったらしい。

「お若いですね、ご隠居さん」

善屋のあるじが言う。

「わたしも見に行きましたよ。ほかにも螺鈿《らでん》のつくり物とか、曲鞠《きよくまり》とか」

与兵衛が言った。

「曲鞠はいい見世物だったね」

と、隠居。

「そういったものが見られるのも世の泰平《たいへい》の証《あかし》ですから」

善蔵が一つうなずいた。

「今年も正月から火事があったけれども、何事もなく過ごせればいちばんだね」

季川はそう言うと、思いついたばかりの発句《ほっく》を口にした。

泰平の証はここに初鰹

「弟子がいないので、句を付けられませんが」

時吉が笑って言った。

いつもならおちよが脇句《わきく》を付けるところだ。

「では、ふつつかながらわたしが」

鶴屋の隠居が猪口を置いた。

いまさばかれて口福の味

与兵衛が脇句を発した。

「決まったね」

季川が破顔一笑《はがんいっしょう》した。

第八章　四匹の子猫

一

「えらかったね、のどか」

おちよがそう言って、二代目のどかの首筋をなでてやった。

猫のお産は無事終わった。

このたび生まれたのは四匹の子猫だった。前のお産と同じく、またしても同じ色と柄だった。茶白で縞が入っている。

「ゆきちゃんはいろんな子を産んだけど、おまえは同じ子ばかり産むんだね」

おちよが言った。

老猫のゆきは、真っ黒な雄猫のしょうや、銀と白と黒の縞模様が美しい小太郎など、さまざまな子を産み、いまはのんびりと余生を過ごしている。おのれと同じ青い目の白猫も産んだが、「小菊」などにもらわれていった。

「四匹だと残すわけにもいきませんか」

おけいが問うた。

「そうね。うちはもう五匹いるし、そんなにたくさん飼うわけにも」

と、おちよ。

「猫侍は二匹だったっけ」

千吉がたずねた。

「隣の藩のお屋敷も欲しがってるそうだから、里子に出すところには困らないと思う。……はい、よしよし、えらいね」

おちよは笑みを浮かべて立ち上がった。

四匹の子猫たちは、競うように母猫のお乳を呑んでいる。そのさまを、座敷の端から老猫のゆきが青い目でどこかふしぎそうに見ていた。

「黒門町の猫屋さんも欲しがってると聞きましたが」

およう《・》が言った。

「そうなの。うちの人に知らせに行ってもらおうかと思ってるんだけど」

おちよが答えた。

「なら、のどか屋にもお越しくださいと」

厨から千吉が言った。

初鰹ではないが、のどか屋でも鰹が出るようになった。

今日の中食は鰹の手こね寿司膳だった。づけにした鰹の身を手でこねた寿司に、干し椎茸と干瓢《かんぴょう》を煮たものをまぜ、青紫蘇《あおじそ》のせん切りを盛大に散らす。これに鰹のあらを使った赤だしと小鉢を添えた。夏の訪れを告げる鰹の手こね寿司膳は好評のうちに売り切れた。

「そうね。久々にお越しいただければ」

おちよが笑顔で答えた。

二

浅草の福井町から上野黒門町までは、健脚ならさほどかからない。料理の仕込みが一段落したところで、時吉は厨をほかの料理人に任せて日和屋へ向かった。

久しく足を運んでいないが、場所はすぐ分かった。

手打そば
酒ととのふ

そう記された蕎麦屋の置き看板が目印だ。

蕎麦つゆのいい香りが漂う広からぬ通りに入ると、あたたかな色合いの茶色ののれんが見えた。

ねこ

そう染め抜かれている。

その字は、猫が丸まって日向ぼっこをしているように見えた。

「おや、これはこれは、のどか屋さん」

日和屋に入ると、猫のお面を頭にのせた男が驚いたように言った。

あるじの子之助だ。

「まあ、いらっしゃいまし」

おかみのおこんも出てきた。

「うちの二代目のどかがお産をしまして、こちらで一匹引き取っていただけないかと思いまして。鶴屋のご隠居さんからうかがっていたものですから」

時吉は用向きを伝えた。

「ああ、ご隠居さんにはお伝えしました。紅葉屋さんからも生まれた子猫を頂戴することになっております」

子之助は答えた。

「それも聞いております。うちのほうが先に生まれたもので、一匹もらっていただければ助かります」

と、時吉。

「一匹でよろしいんでしょうか。うちはお客さまが気に入った猫を里子に出すあきないも始めたものですから」

おこんが如才なく言った。

「ほかに鼠を捕るお役目の猫侍などの引き合いもあります。もし引き取り手が見つからなかったら、追加させていただくかもしれませんが、ひとまずは一匹で」

時吉はそう告げた。

「承知しました」

おかみが頭を下げた。

「では、次の休みの日に引き取りにうかがいましょう」

子之助が言った。

「そうね。久々に豆腐飯をいただきたいし」

おこんも乗り気で言った。

かつて夫婦でのどか屋に泊まり、名物の豆腐飯の朝餉に舌鼓を打ったことがある。

「お待ちしております。……おや、ちさは達者そうだね」

時吉は笑みを浮かべた。

花茣蓙《はなござ》が敷かれた見世には、習いごと帰りとおぼしい三人の娘たちがいて、みたらし団子や汁粉などを味わいながらお気に入りの猫と遊んでいた。

そのなかに、しっぽにだけ縞が入った目の青い白猫がいた。のどか屋のゆきがかつて産んだちさだ。縁あって日和屋にもらわれていった猫だった。

「ええ。みなにかわいがられております。母猫さんは達者ですか？」

おこんが問うた。

「もうだいぶ歳ですが、なんとか達者にしております」

時吉は答えた。

「それは何よりです」

と、おこん。

「うちのちさも、のどか屋さんからいただいたのがもう七年前ですから」

日和屋のあるじが言った。

「もう七歳ですか」

時吉が驚いたように言った。

「ええ、時の経つのは早いものです」

子之助が感慨深げに言う。

「ちさが産んだ子がこのあいだ里子に出ましてね。寂しくはなりますが、お客さまのもとでかわいがっていただけるのなら、それがいちばんで」

おこんはそう言って、客にお茶とみたらし団子のお代わりを運んだ。

むやみに甘くない日和屋の団子と汁粉は、時吉も思わずうなる味だ。

「のどか屋さんもいかがです？　お団子とお汁粉」

子之助が水を向けた。

見世にはまだ座るところがいくつもあった。壁際には互い違いの段が巧みにしつらえられており、猫たちが遊んだり寝そべったりしている。

「ああ、では、長居はできないので、団子とお茶だけいただければと」

時吉は答えた。

「承知しました。少々お待ちください」

子之助は笑顔で答えた。

奥に「日和屋」と染め抜かれた小ぶりののれんが掛かっている。その向こうに厨と客のための厠《かわや》があった。

「わあ、ごろごろ言ってる」

「かわいいね、ちさちゃん」

「ほんと、お目めが空みたいに青くて」

のどか屋のゆきの娘は猫屋の人気者だ。

目と同じ色の首輪がよく似合っている。

ほどなく、あるじがお茶とみたらし団子を運んできた。

それを味わいながら、なおも話を続ける。

「うちも猫縁者が増えてありがたいことです」

時吉が言った。

「さようですね。猫が取り持つ縁で」

子之助が言う。

「そのうち、ちさは死んだ娘より長生きするかもしれません」

おこんがしみじみとした口調で言った。

いまはにぎやかで、繁盛している日和屋だが、かつて深い悲しみに包まれたことがあった。

一人娘のおちさが急なはやり病で亡くなってしまったのだ。まだ十三歳、これからという若さだった。

のどか屋からもらった子に、日和屋の夫婦はちさと名づけた。長く生きられなかった娘の代わりに、お客さんにかわいがられながら長生きしてほしい。そんな願いのこもった名だった。

「ほかの猫はともかく、ちさだけは請われても売らないことにしています」

日和屋のあるじが言った。

「大事な看板娘ですからね」

時吉はそう言って、みたらし団子を口に運んだ。

たれの深い味わいが、ことのほか心にしみた。

三

日和屋より先に子猫がもらわれていったのは、大和梨川藩の上屋敷だった。

稲岡一太郎と兵頭三之助、二人の勤番の武家が訪れ、二代目のどかが産んだ四匹の子猫のうちの二匹を引き取りにきた。

「さあ、猫侍のおつとめやで」

兵頭三之助が言った。

「どうぞお好きな子をお選びください」

おちよが手で示した。

「では、選ばせていただきます」

背筋の伸びた稲岡一太郎が折り目正しく言った。

「みんなおんなじに見えるなあ」

兵頭三之助が腕組みをした。

「この子はみな同じ柄の子を産むので」

おちよが母猫を指さす。

「あっ、嚙んだぞ」

子猫を抱き上げて検分していた稲岡一太郎が声をあげた。

「嚙む元気があるほうがええで」

と、三之助。

「それもそうだな」

一太郎が答えた。

いくたびも猫侍をもらっているから、大和梨川藩の備えは万全だった。竹で編んだ蓋付きの大きな籠なら、子猫を何匹も入れることができる。

しばらく品定めをしていた二人の勤番の武士は、雄猫を二匹選んだ。

「名はどうされます？」

おちよがたずねた。

「ご家老と殿から採って、原川と出羽守とか」

兵頭三之助が戯れ言を飛ばした。

「それは通らぬぞ」

まじめな稲岡一太郎が真顔で答えた。

「まあ、帰ってからの相談で」

将棋の名手が笑みを浮かべた。

「なら、達者でね」

籠に入れられる子猫たちに、おちよは声をかけた。

これまであまたの猫を里子に出してきたが、そのたびに胸がつぶれるような心地がする。


どうか達者で。

かわいがってもらうのよ。

そして、長生きして天寿を全うするのよ。


そんな思いをこめて、おちよは子猫たちを見た。

これから猫侍になる子猫たちは、駕籠に入れられてふぎゃふぎゃなきだした。

きょうだいから引き離された二匹の子猫も、やにわに子を奪われた母猫も不満げな様子だが、こればかりは致し方ない。

「では、いただいてまいります」

籠を抱えた稲岡一太郎が軽く一礼した。

「どうかよしなに」

おちよも頭を下げた。

こうして、残りの子猫は二匹になった。

四

翌日はいい鮎《あゆ》が入った。

玉川《たまがわ》から運ばれてきた鮎だ。

時吉は今日も長吉屋で、厨は千吉が大車輪《だいしゃりん》の働きだ。当初は鮎の田楽をと二代目は言いだしたのだが、のどか屋の女たちがいっせいに止めた。

「それは二幕目のほうが」

と、おけい。

「焦《こ》がしたらどうするの」

おちよがきっとした顔で言う。

「塩焼きにしましょう」

おようが水を向けた。

「塩焼きだって、うねり串を打つのが大変なんだから」

おちよが駄目を押すように言った。

「うう、分かったよ、田楽は二幕目にするよ」

千吉はやや不承不承《ふしょうぶしょう》に答えた。

塩焼きにはただの飯も合うが、今日は甘藷《かんしょ》飯にした。ほくほくの甘藷は粥もうまいが、今日は飯だ。黒胡麻を散らせばさらに香ばしい。

これに豆腐汁と三河島菜《みかわしまな》のお浸しと香の物がつく。

「今日は『あ』のつくやつだって聞いたから、穴子《あなご》かと思ったら鮎かよ」

「おいらは鮎のほうがいいぜ」

「『あ』のつくやつなら浅蜊とかもあるな」

なじみの左官衆はにぎやかだ。

「『あ』くらべですね」

おようが笑みを浮かべた。

「それなら、ほかの字でもできるかも」

千吉が厨で手を動かしながら言った。

「火消しみてえにいろはでやりゃあいいさ」

「『い』だったら烏賊《いか》と鰯とかよ」

「火消しに『へ組』はねえけど、『へ』は食いものでもつれえな」

「へちまと……」

「へちまが食えるかよ」

そんな調子で、ほうぼうで話の花が咲き、中食の膳は今日も好評のうちに売り切れた。

中食で火消しの話が出たばかりだが、二幕目には久々によ組の火消し衆がのれんをくぐってくれた。横山町は縄張りではないのだが、むかしからのよしみで折にふれてのどか屋に顔を見せてくれる。

今日は若い衆の一人が身を固める祝いだということだった。構《かま》えた祝言《しゅうげん》の宴をするつもりはないが、身内だけで酒をおごることになったらしい。

「それはそれは、おめでたく存じます」

おちよが笑みを浮かべた。

「鮎の田楽を焼きますので」

千吉がここぞとばかりに言った。

ほどなく、味噌の焦げる香ばしい匂いがのどか屋に漂《ただよ》いだした。

「祝いの品を若女房にあげようかと相談してたんだが、何がいい？」

纏《まとい》持ちの梅次《うめじ》がたずねた。

「へえ、そのうち猫でも飼いてえと」

若い火消しは答えた。

「あら、それならうちののどかの子が余ってるので」

おちよがすかさず言った。

土間の隅のほうで、二代目のどかが残った二匹の子猫にお乳をやっている。母猫はいささか眠そうだ。

「あれですかい？」

若い火消しが指さす。

「そう。一匹は黒門町の猫屋さんに行くことが決まってるんですけど」

おちよが答えた。

「ありゃあ、雄かい？　雌かい？」

かしらの竹一《たけいち》がたずねた。

「残ったのはどちらも雌です。だから、また子が増えると思うんですけど」

おちよは答えた。

「うちのは大の猫好きで、身内でも飼ってるので、多少増えても平気ですよ」

そんな答えが返ってきた。

「そうですか。それは渡りに船ですね」

おちよのほおにえくぼが浮かんだ。

「善は急げだ。土産に持って帰ってやんな」

竹一が水を向けた。

「おう、そりゃいいな」

「若女房が喜ぶぜ」

「何よりの土産だ」

火消し衆がさえずった。

ここで鮎の田楽が運ばれてきた。

「おう、こりゃうめえな」

さっそく食した梅次が笑みを浮かべる。

「背越《せご》しもできますんで」

千吉が明るい声を響かせた。

「どんどん持ってきてくんな」

「祝いだからよ」

「酒も頼むぞ」

またひとしきりにぎやかな声が響いた。

やがて宴もたけなわとなり、よ組の火消し衆は腰を上げた。

子猫を抱いたままだと途中で逃げ出すかもしれないから、竹で編んだ籠を貸すことにした。

「よし、こっちにしよう」

若い火消しが片方の子猫を選び、籠に入れた。

「かわいがってもらうのよ」

おちよが声をかけた。

「……みゃあ」

少し心細そうに子猫がないた。

五

最後に残った子猫を引き取るために日和屋の夫婦がやってきたのは、翌々日のことだった。

「遅くなりました。こちらが休みの日まで待っていたもので」

あるじの子之助が申し訳なさそうに言った。

「これは、こちらの猫さんたちに」

そう言っておこんが差し出したのは手づくりの猫じゃらしだった。

棒に色とりどりの紐や帯や鈴などが付いている。

「まあ、ありがたく存じます。みな喜びます」

おちよが笑顔で受け取った。

さっそく振ってやると、小太郎としょうとふくは大喜びで、競うように飛びついてきた。あまりにもよくできているので、老猫のゆきまで「ぺしっ」と前足を動かして取ろうとしたほどだ。

ありがたいことに、日和屋の夫婦は旅籠に泊まってくれた。どうしても名物の豆腐飯を食べたいらしい。猫たちには置き餌をしてあるから、一日くらいなら留守にしても大丈夫だという話だった。

「ああ、この味」

翌朝、豆腐飯を食すなり、おこんが感慨深げに言った。

「なつかしいね」

子之助も和す。

「これをいただくと、時を飛び越えていけるような気がする」

おこんがしみじみと言った。

「そうだな」

「あの子が生きてた頃にも」

「それは言わない約束だ」

「うん」

その後はしばらく、どちらも黙って匙を動かしていた。

その様子を、何とも言えない気持ちでおちよは見守っていた。

朝餉は終わった。

「さあ、おともだちがいっぱいいるからね」

おちよは残った子猫をだっこして言った。

「のどか屋さんからいただいたさちもいるから」

おこんが笑みを浮かべた。

「かわいがってもらうんだよ」

千吉が言う。

「よろしかったら、いずれ母猫をつれていらしてください」

子之助が言った。

「ああ、そうですね。近くの紅葉屋さんにものどかの子がいるので」

おちよが乗り気で言った。

「そんなわけで、いただいていくね。ごめんね」

おこんが二代目のどかに言った。

「みなにかわいがってもらうから」

子之助も和す。

最後の子が引き取られていく母猫は釈然《しゃくぜん》としない様子だったが、抗議の声をあげたりはしなかった。

「では、またこちらにもお越しください」

「お待ちしております」

日和屋の夫婦が笑顔で言った。

こうして、四匹の子猫たちは無事みな里子に出された。

第九章　幸つづき

一

「こんなにめでたいことはないね。幸つづきだ」

元締めの信兵衛が満面の笑みで言った。

「ほんに、盆と正月が一緒に来たかのような按配《あんばい》で」

大松屋のあるじの升太郎が上機嫌で言った。

「おいらが先だったから正月だ」

跡取り息子の升造が言った。

「だったら、わたしはお盆だね」

千吉が笑う。

「そのあいだに、のどかもお産をしたから」

おちよが言った。

「わたしはこれからなので」

そう言って帯に手をやったのは、若おかみのおようだった。

のどか屋に待望の知らせがもたらされた。

おようがとうとう身ごもったのだ。

千吉にとっては初めての子、時吉とおちよには初孫《ういまご》になる。のどか屋はおのずとわき立った。

胃の腑《ふ》がむかむかするとおようが言うので、おちよははたと思い当たった。近くに住む産婆のおたつに知らせたところ、案の定、秋には子が生まれるという嬉しい知らせだった。

医者の御幸順庵にも診てもらった。いたって順調だから、いまのところ心配はいらないが、重いものを持ったりせず、精のつくものを食べて慎重に毎日を過ごしていくようにということだった。

「今日みたいな感じで、中食と呼び込みは江美ちゃんと戸美ちゃんに手伝ってもらって、お客さんへの声かけだけやってもらえれば」

おちよが手ごたえありげに言った。

もちろん、おけいもいるから、おようはにこにこしながらお客さんに声をかけていればいい。

「なんだか悪いですけど」

おようが言う。

「悪くなんかないよ。お膳運びで転んだりしたら大変だから」

千吉があわてて言った。

「客には言ったのかい」

元締めが問うた。

「今日のところはまだ」

おちよが答えた。

「なら、明日から言っておこう。そうすれば、お客さんも無理な頼みはしないだろうから」

千吉が言った。

「うん、分かった」

若おかみはうなずいた。

「おいしいものをつくるのはお手の物だからね」

升造が笑みを浮かべた。

「でも、好みが変わったみたいで」

と、千吉。

「いままで欲しくなかったものが欲しくなったりするだろう？」

大松屋のあるじが問うた。

「ええ。急に干し芋が食べたくなったりして」

おようが苦笑いを浮かべた。

「あとで探してくるから」

千吉が言った。

「おうのちゃんも産後の肥立《ひだ》ちが良くてほっとひと息ね」

おちよが升造に言った。

「おかげさんで。升吉も毎日よく泣いてます」

升造が答えた。

「赤子は泣くのがつとめだから」

父の升太郎が言う。

「何にせよ、幸つづきで万々歳だ」
元締めがまた笑顔で言った。

二

のどか屋の客に朗報が伝えられたのは、翌日の中食のときだった。
いちいち言葉で伝えたのではない。
貼り紙にこう記したから、おのずとみなが知ることになった。

けふの中食
幸つづきかつお丼
お浸し、けんちん汁つき
四十食かぎり　四十文
おかげさまで　秋にややこがうまれます

「おっ、ややこだってよ」

「若おかみかい」

「大おかみだったらびっくりだ」

そろいの半纏姿の大工衆がさえずる。

「こりゃ、めでてえな」

「ご祝儀《しゅうぎ》がわりに食ってやろう」

「なら、しばらく毎日のどか屋だな」

客は笑顔で言った。

ほどなく、おようがのれんを出した。

「おう、めでてえな」

「大事にしなよ」

「気張らなくていいからよ」

「膳だったら客が運ぶぜ」

気のいい大工衆は口々にそう言ってくれた。

「ありがたく存じます。ぼちぼちやらせていただきます」

おようは頭を下げた。

「ぼちぼちがいちばんだから」

おちよも出てきて若おかみに言った。

「はい。……では、どうぞ」

おようが客に声をかけた。

「いらっしゃいまし」

「空いているところへどうぞ」

今日はのどか屋の着物をまとった双子の娘が言った。

「おっ、若おかみの代わりにお運びだな」

「華やかでいいぜ」

「ああ、腹がへった」

大工衆は次々に座敷に上がった。

鰹丼の鰹は焼《や》き霜《しも》づくりだ。焼き網であぶってから平《ひら》づくりにし、漬けだれにからめて半刻（約一時間）ほど置く。

醬油と味醂と酒にみじん切りの葱とおろし生姜を加えた漬けだれは、飯にもいくらかかける。それから鰹をのせ、千切りの大葉《おおば》やもみ海苔などの薬味を添える。初夏のさわやかさが口中に広がるうまい丼だ。

「こりゃうめえや」

「食ったらほんとに幸がつづきそうだぜ」

「若おかみにあやかって、うちも子ができるぞ」

「子ばかりできても大変だがよ」

客の声がほうぼうで響いた。

箸が動き、膳が運ばれ、いち早く食べ終わった客が腰を上げる。

「毎度ありがたく存じました」

おようの声が明るく響いた。

「おう、うまかったぜ」

「大事にしな、若おかみ」

「これでのどか屋も安泰《あんたい》だ」

客は笑顔で答えた。

のどか屋の中食の膳は、今日も好評のうちに売り切れた。

三

二幕目も、客からの祝いの言葉がとぎれることはなかった。

今日は隠居が良庵の療治を受けてからのどか屋へ泊まる日だった。季川は安産の縁《えん》起物《ぎもの》の張《は》り子の狗《いぬ》をおように渡した。

「ちょうど浅草で売っていたものでね」

隠居が温顔で言った。

「ありがたく存じます、ご隠居さん」

おようが頭を下げた。

「これでいい子が生まれそうです」

千吉も笑顔で言う。

ややこができたという知らせを聞いてから、ほんとにもう嬉しくてしょうがないという感じだ。

「ようございましたねえ」

隠居の背を指でもみながら、良庵が言った。

「いい産婆さんとお医者さんがいるから、安んじて産めますね」

その女房のおかねも言う。

「ええ、そのあたりは安心で」

おちよが言った。

療治が終わり、按摩が次の患者のもとへ向かうと、入れ替わりに総髪の学者がのれんをくぐってきた。

春田東明《はるたとうめい》だ。

「あっ、先生。ややこができたんです」

千吉がさっそく告げた。

「それだと、もう生まれたみたいよ」

おちよのほおにえくぼが浮かんだ。

「噂を耳にしてやってきたんです。このたびはおめでたいことで」

千吉の師は笑顔で言った。

「ありがたく存じます」

千吉がまた頭を下げる。

昨日から髷《まげ》が頻繁《ひんぱん》にひょこひょこ動いていた。

春田東明と隠居は一枚板の席で呑みはじめた。

「お待たせいたしました」

千吉が出したのは、車海老の艶煮《つやに》だった。

竹串を使って背わたを取り、つの字に曲げてから煮る。味がしみたら冷めるのを待ち、頭を取って殻をむく。そして、つの字が映えるように切りそろえて盛り付ける。

「これは仲のいい若夫婦みたいですね」

　学者が笑みを浮かべた。

「ほんとにそうだね。ぎやまんの小皿を使うところも気が利《き》いているよ」

　隠居の白い眉がやんわりと下がった。

「味もいいです」

　春田東明がうなずいた。

「こうやって、ともに背が曲がるまで、のどか屋ののれんを守りながら仲良く暮らしていけばいいよ」

　隠居が海老を箸で示して言った。

「それはまだ先の話で」

　と、千吉。

「いや、あっという間よ。ついこのあいだ、おまえを産んだような気がするくらいだから」

　おちよが言い返した。

「教え子もそうですが、子が育つのはあっという間ですね」

春田東明はしみじみと言うと、猪口の酒を呑み干した。

四

のどか屋に三代目が生まれるという話はほうぼうに伝わった。

祝いの品を手にのれんをくぐってくる客で、旅籠付きの小料理屋は常にも増してにぎわった。

黒四組の面々、岩本町の御神酒徳利、力屋のあるじ、よ組の火消し衆、大和梨川藩の勤番侍、なじみの大工衆や左官衆などが入れ替わり立ち替わりやってきて祝いを述べてくれた。

常連の泊まり客もそうだ。野田の醬油づくりの花実屋《はなみや》の主従も、越中富山の薬売りも、話を聞いて満面の笑みになった。

そして、珍しい人も来てくれた。

「まあ、羽津先生」

のれんをくぐってきた客を見て、おちよは目を瞠《みは》った。

「ご無沙汰しておりました。このたびはおめでたいことで」

千吉を取り上げた女医者が笑みを浮かべて言った。

「診療所は大丈夫なんですか？」

おちよがまずそれを案じた。

「今日はお産もないので、弟子の綾女《あやめ》に任せてきました。そうそう、清斎の弟子の文《ぶん》斎《さい》とこのたび夫婦になって、秋には子が生まれるの」

女医者はそう告げた。

「わあ、わたしと同じですね」

おようが言った。

「せっかくですから、診ていただくわけには」

千吉がおずおずと言った。

「ええ、そのつもりで来たので」

羽津は快く答えた。

一階の部屋にはまだ泊まり客がいなかったので、そこで念入りに診てもらうことになった。

いろいろと話をしながら、羽津はおようを診た。

「これなら大丈夫ね。風邪《かぜ》などを引かないように」

だいぶ髪が白くなった女医者が笑みを浮かべた。

「ありがたく存じます。ほっとしました」

おようも笑みを返した。

せっかく来たのだからと、羽津は千吉の料理も味わってくれた。

ちょうどいい穴子が入っていたので天麩羅にした。まっすぐに揚げ、食べやすい長さにさくさくと切る。このあたりにも料理人の巧拙《こうせつ》が出る。

「お待たせいたしました」

おちよが料理を運んでいった。

「どうぞお召し上がりください」

千吉が笑顔で言った。

「では、いただきます」

産科医は箸を伸ばした。

穴子の天麩羅をつゆにさっとつけてから口に運ぶ。

「……ああ、おいしい」

羽津はびっくりしたような顔になった。

その言葉を聞いて、のどか屋の大おかみと若夫婦の顔に笑みが浮かんだ。

五

祝いを述べに来た珍しい客はさらに続いた。

大和梨川藩の江戸詰家老の原川新五郎も駕籠に乗って足を運んでくれた。

二人の勤番の武士が宿直《とのい》の弁当を頼みに来たときに三代目が生まれると告げたところ、さっそく原川の耳にも入ったようだ。

「殿もそのうち来ると言うとった。なんにせよ、めでたいことやな」

原川新五郎は千吉とおようにに言った。

「おかげさまで」

「ありがたく存じます」

のどか屋の若夫婦が頭を下げた。

ちょうどそこで泊まり客が案内されてきた。おようは無理をしないようにのどか屋にいるため、呼び込みはおけいと双子の姉妹の役目だ。

「稲岡らから話は聞いてたけど、さすがに双子でそっくりやな」

原川新五郎はそう言って瞬きをした。

「ほくろのあるなしで分かるんですよ」

おちよが鼻の脇を指さした。

「ああ、なるほど。それがなかったら分からへん」

原川は納得顔で言った。

それからしばらく、江戸詰家老は一枚板の席で酒を呑んだ。蛸《たこ》と大豆《だいず》のやわらか煮などの肴に舌鼓を打ちながら、のどか屋とは古いなじみの原川はさまざまな話をした。

先の大火で焼け出され、ここ横山町で再起を図ったときのおちよの苦労話を、原川はじっくり聞いてくれた。江美と戸美は巴屋へ行ったので、ここだけの話ということで双子の娘を拾ったいきさつも伝えた。

「そういう縁があった娘らが、またのどか屋の手伝いをしてるわけや」

原川新五郎が感慨深げに言った。

「そうなんです。縁のつながりはありがたいことですね」

おちよはそう言って、軽く両手を合わせた。

近くで聞いていたおようがそっとうなずく。

「ほんまや。ありがたいこっちゃ」

渋く笑うと、江戸詰家老は猪口の酒をくいと呑み干した。

六

祝いの言葉が響いたのは、のどか屋だけではなかった。

長吉屋で花板をつとめる時吉にも、折にふれて声がかかった。

時吉にとっては初孫だ。こんなめでたいことはない。

「ようございましたねえ。待望の三代目で」

井筒屋の善兵衛が笑みを浮かべた。

「もう名の相談などはしてるんでしょうか」

灯屋のあるじの幸右衛門が訊いた。

「ええ。生まれてくる子が男だったら、千吉の子で万吉《まんきち》にしようとかいろいろ話をしていますよ」

時吉は笑って答えた。

「はは、それはいいですね」

書肆のあるじとともに来ている戯作者の目出鯛三が言った。

「子が女だったら？」

善兵衛が訊いた。

「そちらの双子さんみたいに、武家風の名もいいんじゃないかという話も出ていました。……はい、お待ちで」

時吉は肴を出した。

鰻《うなぎ》の蒲焼《かばや》きを巻いただし巻き玉子だ。こういう贅沢《ぜいたく》な肴は長吉屋ならではだ。

「双子だから江美と戸美でさまになりますがねえ」

善兵衛は首をかしげた。

そのあたりから、双子のつとめぶりの話になった。すっかりなじんで助かっている。大松屋も巴屋もありがたがっていると伝えると、養父の井筒屋のあるじの顔に笑みが浮かんだ。

「初めは案じていたんですが、つとめに出してよかったですよ」

「またうちにもお越しください」

時吉は如才なく言った。

「ならば日を決めて、あの子たちにお酌でもしてもらいましょう」

善兵衛は乗り気で言った。

「承知しました。では、こちらが休みでわたしがのどか屋にいる日で」

時吉が段取りを進めた。

「うちのほうも、早指南ものの相談を兼ねてそのうちに」

灯屋のあるじが言った。

「さようですね。料理の幸くらべなどの案も出ておりますから、ぜひお越しください」

時吉が笑顔で言った。

第十章　親子の絆《きずな》

一

「旅籠のお泊まりはこちら」

「横山町ののどか屋は朝餉付き」

「岩井《いわい》町《ちょう》の巴屋は建て替えたばかり」

双子の姉妹とおけいが呼び込みの声を響かせた。

「朝はほかほか豆腐飯」

「のどか屋の名物です」

江美と戸美が笑顔で言う。

「お泊まりは内湯がついた大松屋へ」

跡取り息子の升造が負けじと声を張りあげた。

そこへ、押し出しのいい着流しの武家が近づいてきた。

後ろにはお付きの武家が二人続いている。

「おう、精が出るな」

そう声をかけたのは、お忍びの大和梨川藩主だった。

「これはこれは、筒井様」

おけいが少し驚いたように言った。

筒井堂出羽守はお忍びのとき、筒井堂之進と名乗る。

「今日はこれから芝居見物だ。あとでまいる」

快男児は歯切れ良く言った。

「半刻《はんとき》あまりで行きますさかいに」

兵藤三之助が言った。

「お待ちしております」

おけいが頭を下げた。

「では、まいりましょう」

稲岡一太郎がお忍びの藩主をうながした。

「うむ。のどか屋のうまいものが楽しみだ」

お忍びの藩主が白い歯を見せた。

二

その日の中食は久々に幸くらべになった。

またいい鮎が入ったから、時吉がいる今日こそ田楽にしたいと千吉は言いだした。

ならば、茄子《なす》の田楽と幸くらべにしよう。時吉が案を出し、にぎやかな膳になった。

鮎は白味噌、茄子は赤味噌。同じ田楽でも色合いを変えてみたところ、なおのこと幸くらべの風情《ふぜい》になった。

好評のうちに四十食が出て、二幕目に入ってまもなく、元締めの信兵衛が顔を見せた。

「今日の中食はまた幸くらべだったんだってね」

噂を聞きつけた元締めが言った。

「ええ、おかげさまでご好評でした」

おちよが笑みを浮かべた。

ややあって、おけいが客を案内してきた。首尾《しゅび》よく客が見つかったようだ。

「江美ちゃんと戸美ちゃんは巴屋さんへお客さんをご案内してからこちらへ」

おけいが告げた。

「井筒屋さんが見えることになっているんです」

時吉が伝えた。

「それから、お忍びのお殿さまも。呼び込みで声をかけていただいて」

おけいがさらに言った。

「えっ、お殿さまも？」

おちよの顔つきが引き締まった。

「そりゃ気張ってつくらなきゃ」

千吉が二の腕をぽんとたたいた。

「ちょうど鰻の蒲焼きは出せそうだな」

時吉が厨を見て言った。

鮎ばかりでなく、今日は川の恵みの鰻の上物《じょうもの》も入っている。

「なら、肝吸《きもす》いはわたしが」

千吉が言った。

「おう、頼む」

これで段取りが整った。

ややあって、双子の姉妹が巴屋から戻ってきた。

「ご苦労さま。大忙しだね」

元締めが労をねぎらう。

「はい。お客さまを……」

「ご案内してきました」

双子の声がそろった。

「そろそろお殿さまたちが見えるので」

と、おちよ。

「井筒屋さんも早めに来ると思うよ」

厨で手を動かしながら、時吉が言った。

「お母さんも来るそうです」

江美が伝えた。

「あら、そうなの」

おちよが瞬きをした。

「のどか屋さんのお料理をいただきたいと」

戸美が言葉を添えた。

「だったら、豆腐飯の支度もしなければ。そっちも頼む」

時吉が千吉に言った。

「承知で」

のどか屋の二代目がいい声で答えた。

三

厨の動きがあわただしくなってほどなくして、お忍びの大和梨川藩主が二人の勤番の武士とともにのどか屋ののれんをくぐってきた。

「おう、世話になる」

着流しの武家が鷹揚《おうよう》に右手を挙げた。

「楽しみにしてきたんで」

兵頭三之助が笑みを浮かべた。

「よしなに頼みます」

稲岡一太郎がいい容子《ようす》で一礼した。

「お待ちしておりました」

おちよがいそいそとあいさつに現れた。

「ようこそお越しで」

おようも続く。

「このたびはめでたいことだな。身をいたわりながら日々を過ごせ」

お忍びの藩主が若おかみに言った。

「もったいのうございます。ありがたく存じます」

おようが恐縮して頭を下げた。

「なに、剣術指南のただの武家だ。あらたまるでない」

筒井堂之進と名乗る男が笑った。

三人の武家は座敷に上がり、まず酒と鮎の田楽がふるまわれた。

「これはどこの鮎だ」

食すなり、お忍びの藩主が驚いたように問うた。

「玉川《たまがわ》の鮎でございます」

おちよが答えた。

「うまいな。江戸の鮎はええわ」

筒堂出羽守は感に堪えたように言った。

登城の機も増えてきたため、江戸の言葉遣いにあらためているようだが、うまいものを食すと国の訛りがぽろりと出る。

「おいしゅうございましょう？」

と、おちよ。

「あとで大川《おおかわ》の鰻もお出しいたしますので」

千吉が厨から言った。

「そうか。楽しみにしておるぞ」

明るい声が返ってきた。

ここで、表で人の気配がした。

ほどなく、薬研堀の銘茶問屋、井筒屋のあるじとおかみがのれんをくぐってきた。

これで役者がそろった。

四

「こちらには、まだできたばかりに一度来たきりで」

井筒屋のおかみのおつうが言った。

今日は見世を番頭に任せ、夫婦でのどか屋にやってきた。

「もうあれから十三年も経つんですからね。大きくなった江美ちゃんと戸美ちゃんを初めに見たときはびっくりしましたよ」

おちよがそう言って、おかみの前に湯呑みを置いた。

「ほんに、時の経つのは早いもので」

おつうは感慨深げに答えた。

「お待たせしました」

善兵衛には双子の姉妹が酒と肴を運んでいった。

「御酒《ごしゅ》と」

「鮎の田楽でございます」

声がそろう。

「よく言えたね」

養父は笑顔で言った。

「なら、お酌をしてあげたら？」

同じ一枚板の席に陣取った元締めの信兵衛が水を向けた。

双子の姉妹は互いに顔を見合わせた。

「はは、どちらでもいいよ」

善兵衛が言った。

「では、わたしが」

姉が銚釐《ちろり》を手に取った。

いままで実の子として育ててくれた父の猪口に酒をつぐ。

その様子を、養母のおつうがあたたかなまなざしで見守っていた。

座敷には鰻の蒲焼きが出た。

「お待たせいたしました」

座敷は上り下りがあるため、おようではなくおけいが運んだ。

厨にも樽《たる》が置かれ、どこでも身を休められるようにして、身重のおようをみなで気づかっている。ただし、樽を置くと、どこからか猫がやってきて気持ちよさそうにまるくなってしまう。

「おう、来た来た」

お忍びの藩主が手を打った。

「いい匂いですね」

稲岡一太郎が笑みを浮かべた。

「江戸の蒲焼きや」

兵頭三之助も表情を崩す。

「肝吸いもお出ししますので」

厨から時吉が言った。

「それは楽しみや」

大和梨川藩主が上機嫌で言った。

それやこれやで、酒と肴が進んだ。

一枚板の席では、先の大火の話が出た。

「うちは二度焼け出されましたが、この十数年は無事でよかったです」

おちよがしみじみと言った。

「うちもそうですよ。毎年、初詣《はつもうで》で火事がないようにと祈っていますが」

井筒屋のあるじが言った。

「半鐘が鳴るたびにひやひやしますけど」

おかみが胸に手をやった。

そのとき、座敷の武家が立ち上がった。

お忍びの藩主だった。

あまり酒には強くないのか、もうかなり赤い顔をしている。

「どちらへ」

稲岡一太郎がたずねた。

筒堂出羽守は銚釐を手にしていた。

「有徳の者の労をねぎらおうと思ってな」

お忍びの藩主はそう言うと、座敷から下りて一枚板の席に近づいた。

井筒屋の夫婦が座っているところだ。

「家老の原川からくわしい話を聞いた」

その言葉を聞いて、兵頭三之助が額《ひたい》に手をやった。

これではまったくお忍びにならない。

「いや、その、ご家老というあだ名のご常連さんで」

おちよがとっさに機転を利かせた。

「そのほう……いや、井筒屋のこれまでに積んできた徳の数々、筋は違うが、礼を申す」

筒堂出羽守は頭を下げた。

「いや、これは、もったいのうございます」

のどか屋にはお忍びでやんごとなきお方が来るという話はかつて酔った隠居から聞いた。善兵衛はおおよそを察して答えた。

ここで江美と戸美が酒とお茶のお代わりを運んできた。

お忍びの藩主は双子の姉妹のほうを見た。

「そなたたちが実の子として育てた娘たちが立派に育ったのう」

井筒屋の夫婦に向かって言う。

「はい、ありがたいことで」

善兵衛が頭を下げた。

江美が銚釐を置く。

戸美はおつうの前に茶の湯呑みを置いた。

井筒屋のおかみが笑みを浮かべてうなずく。

酒が入っている筒堂出羽守はさらに続けた。

「大火のおりに拾われた捨て子が……」

そこまで言ったとき、お忍びの藩主の顔つきが変わった。

おのれの失言《しつげん》に気づいたのだ。

しまった、という顔つきになった。

おちよも時吉も聞いた。

むろん、井筒屋と双子の姉妹の耳にも入った。

のどか屋の雰囲気がにわかに凍りついた。

五

「い、いや、その……」

筒堂出羽守は狼狽《ろうばい》した様子で言った。

「あのときは、江戸のほうぼうでそんなことがあったという話で」

おちよがあわてて取り繕った。

だが……。

ごまかすことはできなかった。

双子の姉妹も、井筒屋の夫婦も、にわかにあいまいな顔つきになった。

時吉は見守っているしかなかった。千吉とおようとおけいもそうだ。二人の勤番の武士も、元締めの信兵衛も、固唾《かたず》を呑んで成り行きを見守っていた。

井筒屋のあるじが何か言いかけてやめた。

かけてやる言葉が見つからなかったのだ。

「おまえさん……」

おつうが善兵衛に言う。

何か言っておやり、とうながす。

しかし……。

言葉が見つからない様子で、うんうんとうなずいただけだった。

「すまぬことをした」

お忍びの藩主がわびた。

「家老の原川から一部始終を聞いていた。明かすつもりはつゆほどもなかったのだが」

おのれに腹が立つのか、筒堂出羽守は額をぴしゃりと手でたたいた。

「いえ」

江美が口を開いた。

「気づいていましたから」

双子の姉はそう言った。

間《ま》があった。

さほど長くはないが、重い間だった。

「わたしも」

妹も和す。

「おまえたち……」

養父が感慨深げに瞬きをした。

「知っておったのか」

お忍びの藩主が問うた。

「いきさつがあるので、本当の親のことは明かせないということでしたけど、それも腑に落ちない話だわねと二人で話をしていました」

江美は戸美のほうを手で示した。

「明かせないのじゃなくて、知らないから伝えられないのじゃないかなって思うようになったんです」

戸美が言った。

それを聞いて、おちよがゆっくりとうなずいた。

この子たちなりに、思案して、悩んで、そういう道筋にたどり着いたのかと思うと、胸が詰まった。

「……ごめんね」

おつうがそう言って、目元に指をやった。

「実のおっかさんだと思ってるから」

江美が言った。

「おとっつぁんとおっかさんは、井筒屋にしかいないから」

戸美も涙声で言う。

「そうか」

善兵衛はうなずいた。

おちよは時吉のほうを見た。

それと察した時吉は、首を横に振った。

おまえが拾って名をつけたといういうくわしいいきさつまでは伝えなくていい。

顔にそうかいてあった。

「あのときは、大火で大変で、みな着の身着のままで逃げまどっていたの」

おちよが双子の姉妹に言った。

「そのときに、親からはぐれたこの子たちを助けたんだね」

元締めがうまくぼかして言った。

「大火では多くの民が命を落としたと聞いた。そなたらの親もそうだったのかもしれぬ。この子たちだけは助かってもらいたいという思いが、のどか屋を経て井筒屋に伝わり、いまこうして実を結んだのだ。そう思え」

おのれの失言を埋め合わそうとするかのように、お忍びの藩主は力をこめて言った。

「はい」

双子の姉妹はうなずいた。

「実のおとっつぁんはここにいます」

江美は涙声で言って、善兵衛の猪口に酒をついだ。

「……ありがとよ」

のどの奥から絞り出すように言うと、善兵衛はその酒を呑み干した。

「本当の親は大火で死んだものだとあきらめています。探すつもりもありません」

戸美が気丈《きじょう》に言った。

「そうか」

筒堂出羽守がうなずく。

「恨んでもいません。仕方がなかったんだと思います」

江美も目元をぬぐってから言った。

「わたしたちも九死に一生を得たような火事だったから」

おちよが言った。

おけいがうなずく。一緒に逃げた仲だから、あのときの恐ろしさは身にしみて分かっていた。

「いずれにしても、井筒屋さんの実の子じゃないと分かったわけじゃないんだからね」

元締めが笑みを浮かべた。

「ええ。前と変わりなく」

「いちばん大切なおとっつぁんとおっかさんで」

成長した二人の娘の言葉を聞いた井筒屋の夫婦は、いくたびもうなずきながら目元をぬぐった。

おちよも目頭《めがしら》を押さえた。

双子の姉妹と養父母の思いを察すると、あふれてくるものを押さえることができなかった。

六

「そうかい。雨降って地固まるだよ」

座敷で良庵の療治を受けながら、隠居の季川が言った。

いまおちよと時吉から一部始終を聞いたところだ。

「初めは息が止まるかと思いましたけど」

おちよが胸に手をやった。

「うかつなお殿様なんですね」

ここだけの話として聞いていた良庵が指を動かしながら言った。

「当人に悪気はなかったんだろうがね」

と、隠居。

「そりゃあもう。情もあって、いいお方なんですけど、ちょっとそそっかしいところがおありになるので」

猫たちにえさをやりながら、おちよが言った。

「まあしかし、井筒屋さんは仲良くお帰りになったし、これで良かったんでしょう」

隠居が所望した揚げ出し豆腐をつくりながら、時吉が言った。

千吉とおよう、若夫婦も早めに上がって長屋に向かった。おけいも浅草に戻った。

のどか屋ののれんはもうしまわれている。長く記憶に残るかもしれない一日が、そろそろ暮れようとしていた。

「そうだよ。実の親御さんにもきっとわけがあって、薄情な思いから捨てたわけじゃないだろうから」

療治を受けながら、隠居が言った。

「大きな津波に襲われたときは、親きょうだいのことも気にせず、一目散《いちもくさん》に逃げろと言われていますからね」

時吉が言った。

「大火のときもそうでしょう」

按摩の女房のおかねが言った。

「わたしのように目が悪い者が子をつれて逃げていたら、この子だけはとだれかに託《たく》そうとするかもしれません」

　良庵が言った。

「真相は藪《やぶ》の中だが、何にせよ、まるくおさまって良かったよ」

　と、隠居。

「この先も、実の親子として楽しく暮らしていってもらえればと。……はい、終わりよ」

　もっと欲しそうな顔をしている小太郎の頭を、おちよは軽くなでてやった。

　ほどなく、療治が終わった。

　良庵とおかねは次の療治に向かい、季川はゆっくりと一枚板の席に移った。今夜はいつものように一階の部屋に泊まりだ。

「お待たせいたしました。揚げ出し豆腐と御酒でございます」

　時吉が盆を運んできた。

　ここからはしばらく季川の貸し切りだ。

「おお、来たね」

　隠居はさっそく箸を取った。

　片栗粉をまぶしてからりと揚げ、煮立てた味醂にだしと醬油を加えてさらにひと煮立ちさせたものを張る。これに小口切りの葱と大根おろしとおろし生姜を加えれば、風味豊かな揚げ出し豆腐の出来上がりだ。

おちよが酒をつぐ。

「縁は異なものだね」

季川が言った。

「ほんとに、そうです」

おちよがしみじみと答えた。

「縁あってのどか屋が仲立ちをさせていただいた井筒屋さんのところは、実の親子より深い絆で結ばれていますからね」

座敷の拭き掃除をしながら、時吉が言った。

「親子の絆が何よりだね。……うん、いつ食べてもうまい」

季川が相好を崩した。

「では、師匠、このあたりで一句」

おちよが水を向けた。

「揚げ出し豆腐で詠《よ》むのかい?」

もと俳諧師がいぶかしげに問うた。

「いえいえ、親子の絆で」

おちよが笑って答えた。

「はは、それなら」

季川はのれんのしまわれた入口のほうに目をやった。

斜めに射しこんでくる夕日はもうかなり赤く染まっている。

「よし、思いついた」

隠居は箸を置いた。

弟子のおちよがさっそく短冊《たんざく》を用意する。

ほどなく支度が整い、季川が筆を執った。

夕茜《ゆうあかね》親子の絆かぎりなし

例によって、うなるような達筆でしたためる。

「夕茜はべつに晩春にかぎったものじゃないんだが、まあそこはそれということで」

隠居は笑みを浮かべた。

「なら、付けておくれ、おちよさん」

隠居は身ぶりをまじえた。

「うーん、どうしよう」

おちよはしばらく思案してから、こんな付け句を記した。

　わが父親はいまはいづこぞ

「おとっつぁんの顔が浮かんだもので」

いくらか弁解するように、おちよは言った。

「本当に、いまごろどうしてるんだろうかねえ、長さんは」

隠居が言う。

「達者に弟子のもとを廻っていればいいんですが」

拭き掃除を素早く終えた時吉が言った。

「そろそろ江戸のほうへ戻ってくる頃合いだと思うんですけど、これぱっかりは」

おちよがあいまいな笑みを浮かべた。

「文でも寄こしてくれればいいんだがね」

隠居はそう言うと、猪口の酒を呑み干した。

「そうですね。たとえ年に一通でもいいから」

と、おちよ。

「何にせよ、気長に帰りを待ちましょう」

時吉が言った。

「それしかないね」

隠居が笑みを浮かべた。

第十一章　宮島《みやじま》穴子飯

一

安芸《あき》の宮島《みやじま》――。

火事や地震など、いくたびも災いに遭うたびに再建されてきた大鳥居《おおとりい》が威容《いよう》を見せている。

由緒ある厳島《いつくしま》神社を祀るこの聖なる島は、多くの人が訪れてにぎわっていた。瀬戸内の交易の要衝《ようしょう》でもある。島では歌舞伎《かぶき》や富くじなども行われている。江戸もかくやというにぎやかさだ。

そのなかに、さりげなくのれんを出している見世があった。

大川や

のれんには、そう記されている。

江戸の大川から採った名だ。

のれんの向こうから、食欲をそそるかぐわしい匂いが漂ってくる。どうやら飯を食わせる見世らしい。

だが……。

そのたたずまいは何がなしに寂しかった。

見世の前に出されている立て札の貼り紙を見れば、そのわけが分かった。

あまり勢いのない字で、こう記されていた。

相すみません
勝手ながら
今月みそかにて
見世じまひさせて頂きます
長らくありがたく存じました

御礼申し上げます　　大川や

二

「継ぐ者がいねえのなら、しょうがねえな」

長吉はそう言って、湯吞みの酒を少し啜った。

いくらか甘いが、なかなかの酒だ。安芸の国にはうまいものがたんとあるが、酒もうまい。

「せっかく来ていただいたのに、相済まないことで」

厨から女が言った。

大川やののれんを守ってきたおさだだ。

「それにしても……」

穴子の白焼きをひと切れ食してから、長吉は続けた。

「達吉《たつきち》の達は達者の達とよく言ってたのによう」

江戸から来た料理人はそう言って苦《にが》そうに酒を呑んだ。

「あの人もそう言ってたんですが」

おさだは寂しそうに笑った。

達吉は、長吉がたずねた最後の弟子だった。

腕の立つ料理人で、便りによれば、故郷の安芸の宮島で見世を開き、穴子料理で評判だったらしい。

しかし……。

いざ足を運んでみると、弟子はすでにこの世の人ではなかった。

「達者だったのに早患《はやわずら》いで死んじまうとは、長生きしてきたおれの寿命を分けてやりたかったぜ」

長吉はそう言うと、白焼きをまた口中に投じた。

「長患いでつらい思いをするよりは、苦しむ時が短かった早患いのほうが良かったと思います」

半ばはおのれに言い聞かせるように、おさだは言った。

「まあ物は考えようだからな」

と、長吉。

「はい」

おさだは短く答えた。

大川やは海からさほど離れていない。風に乗って潮騒《しおさい》の音がかすかに聞こえてくる。その響きが物悲しかった。

「で、これから生計《たつき》の道はどうするんだい」

長吉は問うた。

「上の子は船大工、下の子は漁師。どちらもいちばん下っ端ですけど、修業を始めてますので」

大川やの女あるじは答えた。

江戸の大川にちなむ見世の名は、いまは亡き達吉が名づけた。

「そりゃひと安心だ」

長吉は渋く笑った。

「わたしも浜仕事を世話していただくことになっているので」

おさだはそう伝えた。

「そうかい。なら、食いっぱぐれはねえな」

と、長吉。

「ええ、ぼちぼちやっていきます」

おさだは少し寂しげな笑みを浮かべた。

「女料理人からはすっぱりと足を洗うのかい」

長吉はたずねた。

「はい。ずっと厨で立ちっぱなしなのはつらいし、あの人がやっていた頃よりお客さんにも来ていただけなくなってしまったので」

おさだは答えた。

「仕方ねえな」

長吉はそう言って湯呑みの酒を呑み干した。

すかさずおさだが酒をつぐ。

「ああ、すまねえ」

長吉は白焼きの最後のひと切れを胃の腑に入れた。

「こんないい焼き加減なのに、もったいねえな」

古参の料理人が言った。

「子のどちらかが料理人になりたいと言いだしたら、わたしが教えるなり、どこぞに修業に出すなりしたんですが」

いくらか残念そうに、おさだは言った。

「達吉の味が……いや、死んだ子の歳を数えても仕方ねえや」

長吉はそう言って、また苦そうに酒を呑んだ。

そのとき、表で人の話し声がした。

「客かい？」

長吉が問う。

「ええ。たぶんご常連さんで」

おさだは笑みを浮かべた。

ほどなく、のれんが開き、二人の客が入ってきた。

どちらも日に焼けた精悍《せいかん》な顔つきだった。

三

「そうかい、江戸から料理の師匠が来んさったんか」

年かさのほうの客が言った。

「来てみたら、うちの人がいなくて」

おさだが言う。

「最後にたずねる弟子だったんだがね」

長吉が少しあいまいな表情で言った。

「よくここで食いよったもんじゃ」

若いほうの客が言う。

「ここの穴子飯はうまいけえのう」

「ひと頃は毎日通ってたもんじゃ」

客が言った。

「それはありがてえことで」

亡き弟子の代わりに、長吉が頭を下げた。

「ほんに、見世じまいで相済まないことで」

おさだがわびた。

「何の」

「わしらがご無沙汰じゃったけえ」

「こっちこそすまんことじゃった」

漁師とおぼしい二人の客が言った。

その後はしばらく、穴子漁などについて長吉と話が弾んだ。穴子は江戸の大川などでも獲れるが、宮島のものも負けていないと料理人が太鼓判を捺すと、地《じ》のものを誉められた二人の客は上機嫌で「江戸の師匠」に酒をついだ。

「なら、話に出ていた穴子飯をくれるかな」

頃合いを見て、長吉が言った。

「承知で」

おさだがすぐさま答えた。

「わしらも穴子飯を食いに来たけえ」

「今月の晦日《みそか》で食い納めじゃけえのう」

二人の客が言った。

「お待たせいたしました」

おさだが穴子飯を出した。

「おお、来たな」

長吉が受け取る。

「ええ香りじゃ」

「わしら、食わんでも味が分かるけえ」

「なら、食わんで帰れ」

「そりゃ殺生《せっしょう》じゃ」

客が掛け合う。

長吉はさっそく舌だめしをした。

「うん、うまい」

古参の料理人がまずそう言ったから、おさだはほっとしたような顔つきになった。

「飯にも味がしみとるけえ」

「穴子もええ焼き加減じゃ」

二人の客も満足げだ。

「この飯は、穴子のあらで炊いてるのか？」

長吉がたずねた。

「ええ、そのとおりです」

大川やの女あるじは少し驚いたように答えた。

「さすがは師匠じゃ」

「ちょっと食うただけで分かりよる」

客も感心したように言う。

「焼きだれにもつぎ足して、大事に使ってきました」

おさだが言った。

「そうか……達吉の形見のようなもんだな」

長吉はしみじみと言った。

「さようですね」

おさだが感慨深げな面持ちになった。

「大事にしな」

そう言うと、長吉はまた穴子飯を口に運んだ。

何とも言えない味がした。

四

「なら、わしらはこれで」

「また晦日までに来るけえ」

二人の客が去っていった。

それと入れ替わるように、二人のせがれがきびすを接して戻ってきた。

見知らぬ客がいたため初めこそけげんそうな面持ちだったが、亡き父の修業先のあるじがわざわざたずねてきたと母から聞かされて顔つきが変わった。

「それはそれは、ありがてえことで」

長男の平太《へいた》が頭を下げた。

船大工の修業をしているだけあって、いい按配の手をしている。節くれだったほまれの指だ。

「おとっつぁんは死んじまったけえ」

次男の平次《へいじ》があいまいな顔つきで言った。

漁師の修業を始めたこちらは、まだわらべに毛が生《は》えたような年頃だ。

「うちの親方と兄弟子があとで来ますけえのう」

平太が告げた。

「あら、そうなの」

と、おさだ。

「晦日に閉まるから、それまでに食わんとって」

平太はそう言って、穴子のあら煮をのせた飯を口に運んだ。

客に出す穴子飯ではなく、こちらはまかないだ。

「見世じまいをしたら、もうつくってくれんの？」

平次が母にたずねた。

「売り物はつくらんけど、あんたらにゃたまにつくったるけん」

おさだが答えた。

「わあ、よかった」

平次は笑顔で答えた。

「ほいじゃが、一文にもならんよ」

平太が言う。

「あんたらが稼ぐようになったら返してもらうけえ」

母はそう切り返した。

「どちらも達吉によく似てるな」

長吉はそう言って、また酒を啜った。

「穴子のたれもそうですが、この子らも形見なんで」

おさだが笑みを浮かべた。

「そりゃそうだ。子がいちばんだ」

長吉はうなずいた。

二人の忘れ形見がまかないを食べ終えた頃合いに、弟の平次の仲間らがたずねてきた。これから浜で遊ぶらしい。

「あんまり遅うならんようにね」

母が言った。

「分かったけえ」

次男は右手を挙げた。

「天麩羅もできますが、どういたしましょう、師匠」

おさだが水を向けた。

「穴子の天麩羅だな？」

長吉が問う。

「もちろんです」

大川やの女あるじが答えた。

「なら、もらうよ」

長吉はすぐさま答えた。

五

初めの穴子の天麩羅が揚がってほどなくして、平太が言ったとおり、船大工の親方と兄弟子がつれだってのれんをくぐってきた。

「わざわざ江戸からたずねてきんさったか」

「そりゃ、ありがてえことじゃ」

宮島の船はおおむね手がけているという二人が言った。

「弟子には会えなかったが、おれもそのうち向こうへ行くんで」

長吉は渋く笑って、穴子の天麩羅を口に運んだ。

古参の料理人の舌に照らしてみれば、揚げ加減はもうひと声だったが、むろん口に出しては言わなかった。

「達吉とは幼なじみだったけえ」

親方は寂しそうに言って、穴子飯を口に運んだ。

「そのよしみで、この子を弟子に取ってもらいまして」

おさだは平太のほうを手で示した。

「修業はどうだ。楽しいところもあるか」

長吉は亡き弟子の忘れ形見に問うた。

「へえ。大変じゃけど、わが手でつくった船が海で動いてるのをわが目で見ると嬉しいけえ」

平太は笑顔で答えた。

「足を引っ張ってはおりませんか、この子は」

母が案じ顔で訊いた。

「よう気張っとるけえ」

兄弟子が言う。

「腕はまだまだじゃが、日に日にうまくはなっとるけえのう」

親方は頼もしそうに言うと、残りの穴子飯を胃の腑に落とした。

「気張ってやりますんで」

平太は明るい顔で言った。

「このところは杓文字《しゃもじ》もつくってるそうで」

おさだが告げた。

「杓文字?」

長吉はけげんそうな顔つきになった。

「福を招く縁起物だってことで、宮島土産になっとりますけえ」

親方が説明した。

いまに続く名物、宮島の杓文字だ。

「船大工のつとめの合間にちゃっちゃっとつくれば、それなりの実入りになりますけえのう」

平太の兄弟子も言った。

「なら、土産に一つ買って帰るか」

長吉は乗り気で言った。

「それはぜひ」

おさだが笑みを浮かべた。

「こういう飯と違って、杓文字なら土産になりますけえ」

穴子飯を食しながら、兄弟子が言った。

「料理はその場その場のもので、後には残らないので」

古参の料理人がそう言って、残った穴子の天麩羅を胃の腑に落とした。

「船だったら残りますけえのう」

平太が言う。

「長く使えるような頑丈な船をつくれ」

親方が言った。

「へい」

弟子の声に力がこもった。

「うちの人がつぎ足しながら使ってきたたれは、わたしの目の黒いうちは使おうと思っています」

晦日で見世じまいをする女あるじが言った。

「それが何よりの供養《くよう》だな」

長吉はそう言って、残りの酒を呑み干した。

六

別れのときが来た。

みなに見送られながら、長吉は大川やを出た。

「今晩はどこへお泊まりで？」

見世の前で、おさだがたずねた。

「これから旅籠を探すよ」

長吉は答えた。

「旅籠はいくらでもありますけえのう」

船大工の親方が言う。

「夕餉付きのところもいろいろありますけえ」

平太の兄弟子が言った。

「いや、ここで穴子飯と天麩羅を食ったから、茶漬けくらいで充分で」

長吉は答えた。

「穴子飯を折詰の弁当にして持ち帰れたら重宝かもしれないと、死んだうちの人が言ってたんですが」

おさだが告げた。

「そりゃ、わしも聞いたけえ。うまくいったら大もうけって言ってたが、始める前に死んじまったんじゃ」

幼なじみだった男が悔しそうに言った。

「うちも見世じまいですからね」

おさだが寂しげに言う。

「もとは地元の漁師料理で、つくってるとこはよそにもあるけえ、いずれまたよみがえるじゃろう」

親方が言った。

「だといいんですが」

晦日まではのれんを出している女あるじが言った。

「達吉の思いのこもった穴子飯だ。いつの世になるか知らねえが、きっとだれかが継いでくれるだろうよ」

江戸から来た古参の料理人がそう請け合った。


時は下って明治三十年――。

宮島の対岸に鉄道が開通して駅ができた。

当地で米をあきなっていた上野他人吉《うえのひときち》という男が、駅前の参道に茶見世を開いた。

他人吉は地元で食されていた穴子丼に改良を加え、風味豊かな「あなごめし」を売り出した。

知恵に秀《ひい》でた他人吉は、あなごめしを駅弁にして販売することを思いついた。穴子のあらで炊きこんだ醬油味のご飯の上に焼いた穴子をびっしりと敷き詰めたあなごめしは評判を呼び、宮島名物となっていまに至っている。

志半ばに世を去った達吉の思いは、こうして後世に受け継がれたのだ。

七

旅籠はすぐ見つかった。

「食ってきたから、あとで茶漬けと酒をくれ」

長吉はおかみに言った。

「承知しました。朝餉はいかがいたしましょう」

子持ち縞の着物がよく似合うおかみが愛想よくたずねた。

「朝餉は食う。うまい魚が獲れるだろう」

長吉は笑みを浮かべた。

「それはもう。日の本一でございます」

おかみも笑顔で答えた。

坂をいくらか上がったところで、部屋からちょうど海が見えた。

「ながめがよろしゅうございましょう？」

茶を運んできたおかみが言った。

「おう、いいながめだな」

長吉は答えた。

「夜には漁火《いさりび》も見えますので」

おかみが海のほうを手で示した。

日はだんだんに暮れてきた。

瀬戸内の海を夕日が染めていく。遠くの島影がしだいに薄れ、茜に煙りながら消えていく。そのさまは、たとえようもなく美しかった。

ややあって、おかみが茶漬けと酒を運んできた。

「ああ、すまねえな」

長吉は軽く右手を挙げた。

「お代わりは遠慮なく」

おかみはそう言って酌をした。

「どちらからきんさったんです？」

酒をつぎながら、おかみは問うた。

「江戸からだ」

長吉は答えた。

「まあ、それは遠いところを」

おかみは目を瞠った。

長吉は気づいた。

娘のおちよに少し似ている。

「明日からゆっくり帰りだ」

長吉はそう答えて酒を呑んだ。

「こちらへはお詣りに？」

おかみがたずねた。

「それもあるが、久々に弟子の顔を見にきてよう」

長吉は答えた。

何の弟子かは告げなかった。

「さようでしたか。お弟子さんはお達者で？」

相変わらずの笑顔で、おかみはたずねた。

「……達者に暮らしていたよ」

少し思案してから、古参の料理人は答えた。

八

朝餉には刺身が出た。

包丁の使い方はともかく、活きの良さにまさるものはない。青い海を見ながら、長吉は舌鼓を打った。

「ゆうべはお休みになれましたか？」

おかみがたずねた。

「ああ、江戸の夢を見たがな」

長吉は少し苦笑いを浮かべた。

のどか屋の一枚板の席で呑んでいる夢だった。

おのれはここにいるのにまったく姿が見えないようで、おちよがしきりに文句を言っていた。

「おとっつぁんはいま何をしてるのかしら」

「ほんとにもう、文一つ寄こしてくれないんだから」

夢の中で、おちよは不満げに言っていた。

「さようですか。里心がついたのかも」

おかみが笑みを浮かべた。

「そうかもしれねえ。ときに……」

長吉はちらりとあごに手をやってから続けた。

「ここから文は出せるか？」

古参の料理人はたずねた。

「江戸へですか？」

おかみは問い返した。

「そうだ。べつに急ぎじゃねえんだが」

長吉は答えた。

「大丈夫ですよ。あとで紙や筆などをお持ちしますけえ」

おかみは笑顔で答えた。

「ああ、頼む」

どんなことをしたためようか、思案しながら長吉は答えた。

こうして、日の本じゅうに散らばった弟子をたずねる旅はひとまず終わった。

帰りにまた寄るところはあるが、新たにくぐるのれんはない。

朝餉のあとの茶をゆっくりと呑みながら、古参の料理人は宮島の海をいくらかまぶしそうにながめた。

終章　夏開き素麵《そうめん》膳

一

五月に入った。
早いもので、今月の末にはもう川開きになる。
江戸にまた悦《よろこ》びの夏が巡ってくる。
そんなさわやかに晴れわたった日――。
のどか屋の前に中食の貼り紙が出た。

けふの中食
幸くらべ丼膳

けふは丼の中で幸くらべ
具は食べてのおたのしみ
とうふ汁　おひたしつき
四十食かぎり　四十文

「食わなきゃ何か分からねえのかよ」

「気を持たせるな」

「まあ、のどか屋の幸くらべ丼なら間違いはねえからよ」

なじみの左官衆が、ひとしきりさえずってからのれんをくぐった。

「いらっしゃいまし。空いているところへどうぞ」

おようが明るい声で出迎えた。

「おっ、調子はどうだい、若おかみ」

客から声がかかった。

「おかげさまで、まずまずです」

おようは答えた。

つわりがつらいときもあるが、周りが助けてくれている。

「早く生まれるといいな」

「変なものを食いたくなったりしねえかい」

左官の一人が問うた。

「なんだか酸《す》っぱいものを無性に食べたくなったりするので、千吉さんにつくってもらってます」

およう は答えた。

「そうかい。おいらのかかあは、『壁土ってうまそうだねえ、おまえさん』とか言い出して肝《きも》をつぶしたぜ」

「そりゃ、おめえんとこだけだ」

「そうでもねえみてえだよ」

「ほんとに食われたら大事《おおごと》だ」

そんな調子で、にぎやかに掛け合いながら左官衆が土間に腰を下ろした。

「はい、お待たせいたしました」

「幸くらべ丼膳でございます」

江美と戸美がすぐさま膳を運んでいった。

「待ってねえぜ」

「すぐ出たじゃねえか」

客が笑顔で受け取る。

「のれんが開いたら、すぐ支度しますので」

江美が言う。

「お待たせしないように気張ってます」

戸美も和した。

「そりゃありがてえ」

「それにしても、今日もそっくりだな」

「日によって違ってたらびっくりだ」

なじみの客はにぎやかだ。

おのれの出自《しゅつじ》を知ってしまったあとも、双子の姉妹は変わらず元気につとめをしてくれているから、おちよも時吉もほっとしていた。膳運びにも泊まり客の案内にもすっかり慣れた様子だ。

「いらっしゃいまし」

「ありがたく存じました」

中食に来る客と食べ終わって帰る客が入り乱れる。

いつもの光景だ。

「今日はうまかったぞ」

「まさに幸くらべ膳だ」

「どんな具だったか言わねえでくんな」

「仲間うちで賭けをやってるからよ」

なかにはそんな客もいた。

「おう、分かったぜ」

「当たるといいな」

先客はそう言いながら出ていった。

「おっ、穴子だ。当たりだぜ」

ややあって、客の一人が座敷の隅で声をあげた。

「なぜか穴子が頭に浮かんだものですから」

おちよのほおにえくぼが浮かんだ。

「穴子と幸くらべになってるのは……」

「牛蒡だな」

「ああ、そうか。新牛蒡はうめえからな」

「嚙み味も違うし、畑と川の幸くらべだ」

「相変わらずうめえな」

客の評判は上々だった。

のどか屋の中食の膳は、今日も滞りなく売り切れた。

二

二幕目に入る前に、珍しく飛脚がやってきた。

「ご苦労さまでした」

労をねぎらって文を受け取ったおちよは、裏にしたためられた差出人の名を見て顔色を変えた。

長吉、とあまりうまくない字で書いてあったからだ。

「おとっつぁんからの文だわ」

おちよは顔をあげた。

今日の時吉は長吉屋だ。おけいと双子の姉妹は両国橋の西詰へ呼び込みに出かけたばかりだった。のどか屋には若夫婦しかいない。

「えっ、師匠から文が？」

千吉が手を拭きながら厨から出てきた。

「何の知らせでしょう」

おようが案じ顔で訊いた。

「辞世《じせい》の句でも書いてあったらどうしよう」

おちよがあいまいな顔つきで言う。

「とにかく、開けてみたら？」

千吉が水を向けた。

「ああ、心の臓の鳴りが……」

そう言いながらも、おちよは届いたばかりの文を開けた。

そこには、こう記されていた。

あきの宮じまにゐる
これからかへる

たつ吉しんでた
かぞくはたつしや
あなご　うまし
長吉

「これだけ？」

おちよは拍子抜けがした顔つきで言った。

「でも、達者の証だから」

千吉がほっとしたように言った。

「辞世の句じゃなかったですね」

おようが笑みを浮かべた。

「『たつ吉』はお弟子さん？」

千吉が文を指さして問うた。

「うちの人の弟弟子の達吉さん。わたしも一度会ったことがあるわ。まだお若いのに、はやり病か何かかしら」

おちよの眉間にうっすらとしわが浮かんだ。

「ご家族がお見世をやってるんだね」

と、千吉。

「これだけじゃ要領を得ないわねえ」

おちよは苦笑いを浮かべた。

「穴子を召し上がったんですね」

おようは『あなご　うまし』を指さした。

「それで、何かの勘ばたらきで、中食の幸くらべ丼に穴子を入れることをひらめいたのかしら」

おちよはあごに手をやった。

「何にせよ、これからお帰りみたいですから」

おようが笑みを浮かべた。

「そうね。無事帰ってくるといいわね」

おちよも笑みを返した。

安芸の宮島から届いた文は、長吉屋から帰ってきた時吉にすぐ見せた。

「そうか、達吉は亡くなったのか」

短い文にじっくりと目を通した時吉は感慨深げに言った。

「それだけじゃ、ちっともよく分からないんだけど」

おちよはいくぶん不満げな表情だ。

「気の毒なことだが、ご家族は達者らしい。とにかく、安芸の宮島から引き返してくるわけだから、今年中には戻るかな」

時吉はそう言っておちよに文を返した。

「おとっつぁんのことだから、またほうぼうに寄り道すると思うけど」

文をていねいにたたみながら、おちよは答えた。

「とにもかくにも、師匠が達者にしていることが分かっただけでもよかった」

時吉は笑みを浮かべた。

「そうね。こちらは待つしかないから」

おちよは笑みを返した。

三

翌日の二幕目――。

のどか屋の座敷に親子の姿があった。

大松屋の升造とおうのが、赤子の升吉を抱いてやってきたのだ。

「まあ、だいぶ大きくなったわね」

おちよが笑みを浮かべた。

「毎晩泣くので大変です」

升造が嬉しそうに答えた。

「そりゃあ、赤子は泣くのがつとめだから」

千吉が笑って言った。

厨のほうから、醬油が焦げるいい香りが漂ってくる。

今日の中食の膳の顔は焼き飯にした。干物《ひもの》に海老に蒲鉾や葱など、とりどりの具がふんだんに入った焼き飯だ。千吉の手が遅れて客に迷惑をかけるのではとおちよは案じていたのだが、子が生まれると分かってからひときわ気が入ったようで、鍋を振る手つきにはずいぶんと勢いがあった。

「しばらくは仕方がないですね」

おうのが言った。

「だれもが通った道だから」

おちよは笑みを浮かべた。

「わたしもこれから通らなきゃ」

おようが帯を軽くたたいた。

「しっかりね」

大おかみが笑みを浮かべる。

「はい」

若おかみがいい声で答えた。

「はい、できたよ」

千吉が焼き飯を運んできた。

初めから二幕目にも出すつもりで、多めに仕込んでいた。

「わあ、おいしそう」

「いい香りね」

大松屋の若夫婦が笑顔で受け取った。

「升吉ちゃんはあやしてるから、ゆっくり召し上がってください」

おちよがそう言って、升吉を抱っこした。

「じゃあ、お願いします」

おうのが軽く頭を下げた。

「ほら、にゃーにゃよ」

ちょうど通りかかったふくを見て、おちよが言った。

「にゃーにゃがたくさんいるね」

と、おちよ。

「そのうち、大松屋でもどう?」

千吉が水を向けた。

「うちのおっかさんが、猫はくしゃみが出るって言うんで」

升造が少し申し訳なさそうに答えた。

「なら、しょうがないわね。はい、よしよし……あ、笑った」

おちよは赤子の顔を見て言った。

「もうちょっと待ってね」

焼き飯の匙を止めて、母のおうのが言った。

「ああ、千ちゃんの焼き飯、いちだんとおいしくなったねえ」

竹馬の友が感心の面持ちで言った。

「気張ってつくったから、升ちゃん」

千吉は会心の笑みを浮かべた。

四

翌日はあたたかかったから、思い切って中食に素麺を出した。

夏開き素麺膳だ。

膳の顔の素麺に加えて、長吉屋が休みで時吉もいたから天麩羅も出した。二人がかりなら手が足りる。

小ぶりだが、茶飯も添えた。なかなかに豪勢な膳だ。

「素麺ってことは、そろそろ夏だな」

「何言ってんでえ、月末にゃ川開きだぜ」

「あ、そうか」

巴屋の普請を請け負ったなじみの大工衆が掛け合う。

「物持ちなら、川開きに屋根船を浮かべたりするとこだがよ」

「おいら、長持ちくらいしかねえや」

「長持ちがありゃ大《てえ》したもんだ」

しきりにしゃべりながら膳を食す。

いくらか離れたところでは、珍しく顔を見せた黒四組の室口源左衛門が箸を動かしていた。

「久々に食う素麺はうまいな、おかみ」

日の本の用心棒の髭面《ひげづら》がほころぶ。

「これから秋まで、ときたまお出ししますので」

おちよが笑顔で答えた。

「天麩羅がまたうまい」

室口源左衛門は、からりと揚がったかき揚げを口中に投じた。

ほかに鱚天《きすてん》もつく。手際よく揚げて油を切るのは千吉のつとめだ。

「茶飯までついて、腹いっぱいになりますな、お武家さま」

職人とおぼしい相席《あいせき》の客が声をかけた。

「そうだな。至れり尽くせりだ」

日の本の用心棒が上機嫌で答えた。

「はい、お待たせいたしました」

「夏開き素麵膳でございます」

江美と戸美がにこやかに盆を運んできた。

「おっ、今日はのどか屋の着物だな」

「巴屋のも似合うけどよ」

大工衆が声をかける。

「つゆのお代わりはいつでもお持ちしますので」

「お気軽にお声がけを」

双子の姉妹が明るく言った。

「もう慣れたもんだな」

「初めのころとは違うぜ」

大工衆の言葉に、江美と戸美は笑みを返した。

「毎度、ありがたく存じました」

身重のおようは勘定場に詰めていた。

腰を下ろす樽が近くにあるが、老猫のゆきが気持ちよさそうに寝ているから立ったままだ。

「おう、うまかったぜ」

「また来るよ」

支払いを済ませた客が軽く右手を挙げて出ていった。

「お待ちしております」

おようが頭を下げた。

髪に飾った蜻蛉《とんぼ》のつまみかんざしがふるりと揺れた。

五

二幕目――。

大和梨川藩の江戸詰家老、原川新五郎が二人の勤番の武士とともにのれんをくぐってきた。

「あるじがいる日やと聞いたさかいにな」

昔なじみの原川新五郎がそう言って座敷に腰を下ろした。

「さようですか。と……じゃなくて、筒井さまは？」

時吉が訊いた。

「御城を改修する普請を見張るつとめが入ってな。しぶしぶ出かけてる」

原川は答えた。

「しぶしぶでございますか」

おちよがたずねた。

「できることなら、江戸の見世物小屋や芝居などを一日じゅう見物して廻りたい性《しょう》分《ぶん》の方ですから」

稲岡一太郎が言った。

「周りのもんは毎日振り回されてますわ」

兵頭三之助が妙な手つきをまじえた。

「普請のつとめなら大役で」

酒と肴を運んできたおちよが言った。

「いや、監督のかしらとは違うさかいに」

原川新五郎があわてて手を振った。

「退屈やから、頭の中で将棋を指してるって言うてましたわ」

将棋の指南役の兵頭三之助が笑みを浮かべた。

「お強いんですか？」

おちよが問うた。

「それなりには指せるんやけど、こらえ性《しょう》がないところがあって、勢いで大駒《おおごま》を切って損してしまうのが玉に瑕《きず》で」

兵頭三之助が答えた。

「そのまんま性分が出たような将棋やな」

江戸詰家老が苦笑いを浮かべた。

「で、今度は江戸の川開きを楽しみにしててな」

原川新五郎が言った。

「当日は小ぶりの屋根船を出すことにしたんです」

稲岡一太郎が言葉を添えた。

「まあ、それは風流《ふうりゅう》なことで」

おちよが笑みを浮かべる。

「お弁当の御用がございましたら、ぜひともうちに」

おようが言った。

「察しがええな、若おかみ」

原川新五郎が笑みを浮かべた。

「それを頼みに来たのです」

稲岡一太郎が白い歯を見せた。

「さようでしたか。いくらでもおつくりいたしますので」

おようは如才なく答えた。

「いや、なるたけ地味な船にするさかい、せいぜい五、六人やな」

原川新五郎は少し思案してから肴に箸を伸ばした。

牛蒡の青海苔揚げだ。

からりと揚がった牛蒡に青海苔をまぶし、ほどよく塩を振れば、さわやかな初夏の肴になる。

「国もとの民はいろいろ難儀してるかもしれんのに、おのれだけ川開きの屋根船で花火見物をしてええのかどうかと、なんべんもおんなじことを言わはるもんで」

兵頭三之助がいくらかあいまいな表情で伝えた。

「本当は川開きの屋根船に乗りたくて仕方がないんですね」

お忍びの藩主の顔を思い浮かべて、おちよが言った。

「そやねん。あんまりおんなじことを言われるのも鬱陶《うっとお》しいさかいに、それやったら控えめに出しはったらどないですって言うたった」

江戸詰家老が言った。

「さぞお喜びになったでしょう」

と、おちよ。

「喜びを隠しきれないご様子でした」

稲岡一太郎が伝えた。

「ほんまに分かりやすいお方で」

兵頭三之助が笑みを浮かべる。

「では、気を入れてつくらせていただきますので」

厨から時吉が言った。

「細工寿司などもまじえますから、ご期待ください」

天麩羅を揚げながら、千吉も言った。

「おう、頼むで、二代目」

江戸詰家老が笑顔で言った。

六

翌日の二幕目に珍しい客が来た。

かつて千吉が「十五の花板」をつとめていた紅葉屋の女あるじのお登勢と、跡取り息子の丈助だ。

紅葉屋をおのれの隠居所としている後ろ盾の鶴屋与兵衛ものれんをくぐってくれた。

先客に岩本町の御神酒徳利と元締めの信兵衛がいたから、のどか屋はいっそうにぎやかになった。

「まあ、大きくなったわねえ、丈助ちゃん」

おちよが目を瞠った。

「もうわたしより背丈があるかもしれないね」

千吉が頭に手をやった。

「いつのまにか十三になったもので。あ、それはそうと、改めましてこのたびはおめでたく存じます」

お登勢が笑みを浮かべて言った。

むろん、秋には三代目が生まれることの祝いだ。

「ありがたく存じます」

千吉が笑顔で答えた。

「目元に笑いじわができそうな感じで」

湯屋のあるじが目元を指さした。

「幸せのおすそ分けをもらってまさ」

独り者の富八が言った。

元締めと岩本町組は一枚板の席、ほかの客は座敷だ。

「今日はどうする？　餡巻きをつくる？」

千吉が丈助に問うた。

紅葉屋で花板をつとめていたころ、丈助から請われてよく甘い餡巻きをつくっていたものだ。

「もう十三なんだから、餡巻きっていう歳でもないだろう」

鶴屋の与兵衛が温顔で言った。

「なら、花板さんにおまかせで」

丈助はやや大人びたしぐさで千吉のほうを手で示した。

「承知で」

のどか屋の二代目はいい声で答えた。

肴ができるまでに、鶴屋の隠居からいろいろな話を聞いた。

まずは日和屋だ。

「近いからこのあいだ顔を出したら、こちらから里子に出した子猫は元気に遊びまわっていたよ」

与兵衛が伝えた。

「まあ、さようですか。それは何より」

おちよは笑みを浮かべた。

「みなにかわいがってもらって何よりだよ」

と、与兵衛。

「あっ、のどか」

ひょこひょこ歩いてきた二代目のどかに向かって、おちよは声をかけた。

「おまえの子はかわいがってもらってるって。安心だね」

四匹の子を産んだ猫に向かって言う。

「みゃあ」

分かったわけではあるまいが、二代目のどかがいい返事をしたから、のどか屋に和気が満ちた。

「うちがもらった子も達者にしているからね」

お登勢が猫に言う。

「あ、そちらのお産のほうはいかがです？」

おちよがたずねた。

「このあいだ生まれたんだよ」

与兵衛が代わりに答えた。

「まあ、それはそれは」

おちよのほおにえくぼが浮かんだ。

「一匹は同じ日和屋さんにもらっていただきました。名はもみじで」

紅葉屋の女あるじが告げた。

見世の名が子猫の名にもなったらしい。

「じゃあ、うちの子とお仲間ですね」

と、おちよ。

「もともと血筋は同じだし、柄もそっくりなので」

お登勢は答えた。

「あとはわたしの将棋仲間などが引き取ってくれて、紅葉屋にも一匹残したから二匹になったよ」

鶴屋の隠居が指を二本立てた。

「さようですか。その猫の名は？」

おちよがたずねた。

「そちらは雄で、三代目のどかの子だから『のど吉』と」

お登勢は答えた。

「猫の名にも吉かい」

元締めがおかしそうに言った。

「おようちゃんの子が男だったら万吉にしようかという話をしていたので」

おちよが伝えた。

「このあいだ、長吉屋であるじから聞いたよ。この調子で、だんだんに吉が増えたら上々吉だ」

鶴屋の隠居が上機嫌で言った。

ここから続けざまに肴が出た。

「はい、お待ちで」

ねじり鉢巻きの千吉が運んできたのは、鰯の鍬焼《くわや》きだった。

まず平たい鍋で鰯の身の両面をこんがりと焼き、湯をかけて余分な脂を落とす。それから、酒一、味醂二、醬油一のたれを火にかけ、鰯にからめながら仕上げていく。終いに練り辛子《ねがらし》を添えれば出来上がりだ。

もうひと品、あらかじめ仕込んでおいた鰯の生姜煮も運ばれてきた。こちらはいったん煮汁を捨ててたれを足すところが勘どころだ。そうすれば余分な脂も臭みも取れる。

「いい味出してるじゃねえか、二代目」

岩本町の名物男が言った。

「渋い肴をつくれるようになったねえ」

鶴屋の隠居も感心の面持ちで言う。

「ちゃんと舌で覚えなきゃ駄目よ」

お登勢が跡取り息子に言った。

「うん、おいしい」

丈助がうなずいた。

次は胡瓜《きゅうり》と竹輪《ちくわ》の梅酢和《うめずあ》えを出した。

おようがしきりに酸っぱいものを食べたいと言うので、あれこれと思案しながらつくった料理の一つだ。

「うん、胡瓜がしゃきしゃきしててうめえ」

野菜の棒手振りが、例によってそこをほめる。

「あ、そうだ」

千吉がいったん厨から出た。

「今日は蛸の小倉煮《おぐらに》をと思って小豆餡《あずきあん》の仕込みをしてあるから、餡巻きをつくれるけど」

のどか屋の二代目はそう言って丈助の顔を見た。

「ほんと？」

紅葉屋の跡取り息子の顔がにわかに輝いた。

「じゃあ、いただいたら？」

お登勢が水を向けた。

「餡巻きなら、久々にわたしも食べたいかも」

おちよが言った。

「だったら、わたしも」

おようもさっと右手を挙げた。

「こっちは蛸で頼むぜ」

湯屋のあるじが言った。

「いいね」

元締めが和す。

「蛸なら胡瓜との酢の物だな」

富八は胡瓜にこだわった。

「少々お待ちを」

気の入った声を発すると、千吉は厨にこもり、手際よく料理をつくりだした。

蛸の小倉煮と胡瓜の酢の物を出すと、いよいよ次は餡巻きになった。

平たい鍋を熱して溶いた粉を流し、餡をのせて器用に巻いていく。そのうち見世には甘い香りが漂いはじめた。

「よし、できた」

千吉が言った。

「なら、運びましょう」

おようが笑みを浮かべた。

ほかほかの餡巻きを座敷へ運んでいく。

「わあ、久しぶり」

丈助が歓声をあげた。

「だったら、おようちゃんも一緒に」

おちよが水を向けた。

「お茶は運ぶから」

千吉が言う。

「じゃあ、ゆっくり上がらなきゃ」

若おかみは慎重に座敷へ上がった。

大おかみと並んで餡巻きを食す。

「うん、やっぱりおいしい」

丈助が真っ先に言った。

「……ああ、焼きたては違うわね」

ひと口食べたおちよが笑みを浮かべた。

「ほんと、甘くていい嚙み心地で」

おようがうなずく。

ほどなく、千吉がお茶を運んできた。

「おいしゅうございますよ、二代目さん」

よそいきの声でおちよが言った。

「それはそれは、ありがたく存じます」千吉は大仰《おおぎょう》に頭を下げた。

のどか屋の大おかみに向かって、千吉は大仰に頭を下げた。

およう がさらに餡巻きを食す。

「おいしいね」

若おかみは、帯に手を当て、おなかの子に語りかけた。

「おとうがつくったんだぞ」

千吉が自慢げに言った。

「まだ早いって」

おちよは笑顔で言うと、残りの餡巻きを胃の腑に落とした。

［参考文献一覧］

『一流料理長の和食宝典』（世界文化社）
田中博敏『お通し前菜便利集』（柴田書店）
田中博敏『旬ごはんとごはんがわり』（柴田書店）
田中博敏『野菜かいせき』（柴田書店）
土井勝『日本のおかず五〇〇選』（テレビ朝日事業局出版部）
野﨑洋光『和のおかず決定版』（世界文化社）
おいしい和食の会編『和のおかず【決定版】』（家の光協会）
鈴木登紀子『手作り和食工房』（グラフ社）
畑耕一郎『プロのためのわかりやすい日本料理』（柴田書店）
『一流板前が手ほどきする人気の日本料理』（世界文化社）
『人気の日本料理2　一流板前が手ほどきする春夏秋冬の日本料理』（世界文化社）

『復元・江戸情報地図』（朝日新聞社）
日置英剛編『新国史大年表　五-II』（国書刊行会）
今井金吾校訂『定本武江年表』（ちくま学芸文庫）

（ウェブサイト）
あなごめしうえの
宮島観光協会
厳島神社

時代小説
二見時代小説文庫

幸《さち》くらべ　小料理《こりょうり》のどか屋《や》 人情帖《にんじょうちょう》32

二〇二一年 七 月二十五日　初版発行

著者　倉阪鬼一郎《くらさかきいちろう》

発行所　株式会社 二見書房
〒一〇一-八四〇五
東京都千代田区神田三崎町二-一八-一一
電話　〇三-三五一五-二三一一 [営業]
〇三-三五一五-二三一三 [編集]
振替　〇〇一七〇-四-二六三九

印刷　株式会社 堀内印刷所
製本　株式会社 村上製本所

ISBN978-4-576-21094-0
https://www.futami.co.jp/

倉阪鬼一郎

小料理のどか屋 人情帖

シリーズ

剣を包丁に持ち替えた市井の料理人・時吉。
のどか屋の小料理が人々の心をほっこり温める。

以下続刊

①人生の一椀
②倖せの一膳
③結び豆腐
④手毬寿司
⑤雪花菜飯《きらずめし》
⑥面影汁
⑦命のたれ
⑧夢のれん
⑨味の船
⑩希望《のぞみ》粥《がゆ》
⑪心あかり
⑫江戸は負けず
⑬ほっこり宿
⑭江戸前祝い膳

⑮ここで生きる
⑯天保つむぎ糸
⑰ほまれの指
⑱走れ、千吉
⑲京なさけ
⑳きずな酒
㉑あっぱれ街道
㉒江戸ねこ日和
㉓兄さんの味
㉔風は西から
㉕千吉の初恋
㉖親子の十手
㉗十五の花板《はないた》
㉘風の二代目

㉙若おかみの夏
㉚新春新婚《にいめとり》
㉛江戸早指南《はやしなん》
㉜幸《さち》くらべ

森詠

北風侍 寒九郎

シリーズ

①北風侍 寒九郎 津軽《つがる》宿命剣
②秘剣 枯れ葉返し
③北帰行
④北の邪宗門
⑤木霊《こだま》燃ゆ
⑥狼神《ろうしん》の森
⑦江戸の旋風《つむじかぜ》

以下続刊

旗本武田家の門前に行き倒れがあった。まだ前髪も取れぬ侍姿の子ども。腹を空かせた薄汚い小僧は津軽藩士・鹿取真之助《かとりしんのすけ》の一子、寒九郎《かんくろう》と名乗り、叔母の早苗様にお目通りしたいという。父が切腹して果て、母も後を追ったので、津軽からひとり出てきたのだと。十万石の津軽藩で何が…？ 父母の死の真相に迫れるか!? こうして寒九郎の孤独の闘いが始まった…。

沖田正午

大江戸けったい長屋

シリーズ

以下続刊

① 大江戸けったい長屋 ぬけ弁天の菊之助
② 無邪気な助っ人
③ 背もたれ人情
④ ぬれぎぬ

上方《かみがた》大家の口癖が通り名の「けったい長屋」。お人好しで風変わりな連中が住むが、その筆頭が菊之《きくの》助《すけ》だ。元名門旗本の息子だが、弁天小僧に憧れる傾奇者《かぶきもの》で勘当の身。女物の長襦袢に派手な小袖を着て伝法な啖呵《たんか》で無頼を気取るが困った人を見ると放っておけない。そんな菊之助に頼み事が……。菊之助、女形《おやま》姿で人助け！